三国志　英雄たちと文学

渡邉義浩

人文書院

はじめに

中国三世紀の三国《さんごく》時代、正確に言えば、後漢《ごかん》末期の建安《けんあん》年間（一九六〜二二〇年）は、中国史上、初めて「文学」の価値が、国家により宣揚された時代である。その主唱者は曹操《そうそう》、『孫子《そんし》』に注を付けるほど兵法に通じた時代の英雄は、自らの志を高らかに歌った。

歩出夏門行《ほしゅつかもんこう》　　魏武帝

老驥《ろうき》　櫪《うまや》に伏すも
志《こころざし》　は千里に在り

かつての駿馬も年をとり厩に取り残される日々だが
天下を平定しようとした若き日の志は今も千里のかなたを駆けめぐる

『楽府《がふ》詩集』巻三十七　相和歌辞十二

曹操は、自らの志を表現する方法として楽府《がふ》〔広義には「詩」〕を選んだ。それは、『尚書《しょうしょ》』堯典《ぎょうてん》に、「詩言志《しげんし》（詩は志《こころざし》を言う）」と述べられている儒教《じゅきょう》の伝統の影響下にある。三国時代だけではない。中国前近代の「文学」は、儒教の制約下に置かれていたという点において、近代以降の文学とは異なる。中国近代文学の祖である魯迅《ろじん》が『狂人日記《きょうじんにっき》』を著し、儒教を否定したことは故無きことではないのである。本書は、儒教との関係において、近代的な文学とは一線を画す中国古代、とりわけ、三国時代の「文学」〔以後、「　」を付けずに、単に文学と表記〕のあり方を考えていこう。

中国で最初の「儒教国家」となった後漢において、文学は儒教に従属していた。これに対して、曹操は、儒教に対置すべき価値として、仏教《ぶっきょう》や道教《どうきょう》ではなく、三国時代以降も儒教の制約下に置かれ続ける文学を宣揚する。その理由は、後述しよう。その結果、生まれたものが「建安文学《けんあんぶんがく》」であった。曹操は、儒教一尊の国家であった後漢の価値を相対化するために、新たな価値として文学を宣揚し、自らの志をそこに詠《よ》み込んだのである。

曹操の長男で曹魏を建国した曹丕《そうひ》、李白《りはく》・杜甫《とほ》が現れるまで中国最高の詩人と評されていた三男の曹植《そうち》は、父の文学愛好に自らの才能を重ねた。孔子の二十世孫である孔融は、やや異なるものの、「建安の七子」と総称される孔融・陳琳《ちんりん》・徐幹《じょかん》・王粲《おうさん》・応瑒《おうちょう》・劉楨《りゅうてい》・阮瑀《げんう》は、「三曹」と呼ばれる曹操父子のもと、詩文の才能を競い合った。

本書は、「建安文学」を花開かせた曹操の文学宣揚に注目しながら、三国時代における文学の展開を描き出すものである。英雄が戦いに明け暮れた三国時代は、文学が始めて文化としての価値を謳歌した時代なのであった。

目次

はじめに　1

第一章　抱きし子を草間に棄つ　11
1　黄巾の乱　12
2　董卓の専横　18
3　荒廃する洛陽　25

第二章　征西将軍とならん　33
1　青年曹操の抱負　34
2　二袁との競い合い　40
3　華北の統一　45

第三章　酒にむかえば当に歌うべし　57
1　赤壁の戦い　58
2　文学の宣揚　64
3　英雄の死　73
第四章　文章は経国の大業　83
1　文章か経国か　84
2　表現者の内的必然性　91
3　虚構と抒情性　97
第五章　高樹　悲風多し　109
1　辞賦は小道　110
2　洛神賦　120
3　曹植の憂い　128

第六章　益州疲弊せり　135
1　草廬対　136
2　出師の表　148
3　左氏伝に基づく　156
第七章　夜中　寐ぬる能はず　163
1　浮き草の貴公子　164
2　飛翔する表現　170
3　表現者の抵抗　177
第八章　詩は情に縁る　183
1　孫呉滅亡の理由　184
2　西晉の混乱　192
3　言志から縁情へ　197

終　章　中国文学史上における三国時代の位置――――203
1　曹操の果断　204
2　曹植・陸機の輝き　206
3　文学こそ人生――阮籍・嵇康　207

おわりに　210

三国志　英雄たちと文学

第一章　抱きし子を草間に棄つ

洛陽漢魏故城

右手に見えるあぜ道の内側が，漢魏の洛陽の内城であった。今は一面の麦畑である。
（以下写真はすべて著者撮影）

1　黄巾の乱

戦乱は、別離・流浪といった幾多の悲劇を生む。中国史上、最初の自覚的な文学活動である建《けん》安《あん》文学においても、後漢末の戦乱を背景に悲劇を表現する多くの詩歌がものされた。悲劇性を持ったストーリーが、文学の題材として価値を持ったのである。

初平《しょへい》三（一九二）年、十七歳の王粲《おうさん》は、戦火の止まない長安《ちょうあん》を離れ、荊州《けいしゅう》へと向かった。その折の作品とされるものが「七哀詩《しちあいし》」其の一である。

七哀詩　　　王仲宣《おうちゅうせん》

西京乱無象　　西京《せいけい》　乱れて象《かたち》無く
豺虎方遘患　　豺虎《さいこ》　方《まさ》に患を遘《かま》へんとす
復棄中国去　　復た中国を棄てて去り
遠身適荊蛮　　身を遠ざけて荊蛮《けいばん》に適《ゆ》く
親戚対我悲　　親戚は我に対《むか》ひて悲しみ
朋友相追攀　　朋友は相《あい》　追ひて攀《とど》む
出門無所見　　門を出づるも見る所無く

白骨蔽平原　白骨　平原を蔽《おお》ふ
路有饑婦人　路《みち》に饑《う》ゑたる婦人有り
抱子棄草間　抱きし子を草間《そうかん》に棄つ
顧聞号泣声　顧みて号泣の声を聞くも
揮涕独不還　涕《なみだ》を揮《ぬぐ》ひて独り還《かえ》らず
未知身死処　未だ身の死する処《ところ》を知らず
何能両相完　何《いかん》ぞ能く両《ふたり》ながら相完《まった》からんと
駆馬棄之去　馬を駆《か》り之を棄てて去る
不忍聴此言　此の言を聴くに忍びざればなり
南登覇陵岸　南のかた①覇陵《はりょう》の岸に登り
迴首望長安　首《こうべ》を迴《めぐ》らして長安《ちょうあん》を望む
悟彼下泉人　②彼の下泉《かせん》の人を悟り
喟然傷心肝　喟然《きぜん》として心肝を傷《いた》ましむ

『文選《もんぜん》』巻二十三　詩丙　哀傷

西京は、長安。前漢（前二二〇〜八年）の首都であり、後漢末に暴政を振るう董卓が、洛陽から首都を遷していた。そこを離れ、「荊蛮」と呼ぶ南方の荊州に行くことは、文明世界である

「中国」を棄てることであった。親戚・朋友が止めたのは、そのためである。それでも、白骨が平原を覆う状況下では、荊蛮に逃れるしか生きていく道はない。同じように避難していく民のなかに一人の婦人がいた。

「自分が生きていけるかすら分からないのに、二人同時には生きていけない」。子を棄てる婦人の嘆きを聞くに耐えず、馬で駆け去る王粲。王粲は、現実の体験として、婦人の嘆きを聞いたのか。それとも、自らの体験ではなく、戦乱を描く新たなモチーフとして、子を棄てる婦人の悲しみを表現として仮構《かこう》［表現のための虚構を設けること］したのか。

詩はこののち、①「覇陵」と②「下泉」を読み込んで終わる。王粲は、この部分を主張するために、この詩を詠《よ》んだと考えてよい。後漢では、最も理想的な統治を行った漢の皇帝は、前漢の文帝とされていた。その文帝《ぶんてい》の陵墓が覇陵である。また、下泉は、『詩経《しきょう》』［中国最古の詩篇。儒教経典《けいてん》としては、西周《せいしゅう》時代の祭祀の詩を孔子《こうし》が編集したとされる］曹風《そうふう》下泉を典拠とする表現である。『詩経』毛伝《もうでん》［毛亨《もうきょう》の作とされる注釈書］の序によれば、下泉は曹《そう》という国の人が優れた王や諸侯の政治が回復することを願って詠んだ詩であるという。

子を棄てる婦人の悲しみを聞いた王粲は、覇陵に登り、文帝の理想的な統治を回顧しながら、優れた政治の回復を望んだ下泉の人を思った、というのである。ここには、強烈に現れる知識人としての自意識と、文学に対する儒教の大きな影響力を見ることができる。子を棄てる婦人の悲しみも、それをもたらした政治の混乱を回復すべきという主張とともにしか表現されないのである。

中国における詩は、歌謡として神々と人々とが繋《つな》がりあう宗教的祭祀の場に生まれた。孔子が高く評価した『詩経』の諸篇は、本来、宗教的・呪術的祈りを中心に据えるものであった。しかし、後漢の第三代皇帝である章帝《しょうてい》が、白虎観《びゃっこかん》会議を開き儒教の経義を統一することで完成した「儒教国家」において、『詩経』は、その原義ではなく、儒教的な解釈により理解されていた。後漢に成立したとされる『詩経』毛伝の大序《たいじょ》は、詩の発生を次のように説明している。

詩というものは、志の発露《はつろ》である。心にあるときは志であるものが、言葉になって発せられると詩となる。心の中で情がうごめき、それが言葉になって表れる。言葉にしても足りない時に、それは嘆きの辞《ことば》となる。嘆いても足りない時に、それは歌になる。歌っても足りない時に、手足は自然と踊りだすのである。

『毛《もう》詩注疏《しちゅうそ》』巻一　国風《こくふう》　周南《しゅうなん》

『毛詩』大序〔『毛詩』とは、毛伝《もうでん》が付けられた『詩経』〕は、詩とは心の中にある「志」が「言」として表現されたものであるとする。漢代を代表するこうした儒教的文学観は、「はじめに」で述べたように、『尚書《しょうしょ》』〔堯《ぎょう》・舜《しゅん》から夏《か》・殷《いん》・周《しゅう》の帝王の言行録をまとめた儒教経典〕堯典《ぎょうてん》篇の「詩言志（詩は志を言う）」に基づいている。詩が志の表現であるならば、施政者は詩を集めることで、民の思いを知ることができよう。その思いは、史官により歌にされた、と『毛詩』大序は説明する。

国の史官とは得失の跡《あと》に明らかなものである。（このため）人間倫理の荒廃を嘆き、刑罰が苛酷なことを哀しんで、その情性を歌にして詠うことで、上に居る者を風刺し、時勢の変化を理解して古きよき時代の習俗を思い返すように導くのである。

『毛詩注疏』巻一　国風　周南

史官は、国家の統治に資するために詩を集める。そして、政治の混乱を嘆く民の「情性」を吟《ぎん》詠《えい》して、君主や施政者を風刺する。政治を嘆く風は、『詩経』の国風《こくふう》［『詩経』を構成する枠組み。『詩経』に収録される約三百篇の詩は、国風・小雅《しょうが》・大雅《たいが》・頌《しょう》に大別される］のなかでも、とくに「変風《へんぷう》」と呼ばれるが、変風は最後には礼と義に収斂する、と『毛詩』大序は説明する。

変風は情から生まれるが、最後には礼義に収束する。（変風が）情から生まれるのは、それが民の性から発生するためである。礼義に収束するのは、先王の恩沢のおかげである。

『毛詩注疏』巻一　国風　周南

先王の恩恵と称される儒家的規範の影響力によって、情は無秩序に流れ出すことはなく、あくまでも礼と義の規範内でその発露が収斂される、と言うのである。このように、『毛詩』大序の詩論は、詩が情の発露であるとしながらも、それが抒情《じょじょう》であると説くことはない。情は、あくまで先王の恩恵という儒家的規範の範囲内でのみ意味を持ち、また人倫を整えることがその最大の価値であり目的であると述べられる。つまり、詩は、社会を認識し改善すべき指標と捉えられているのである。

王粲は、こうした漢代の儒教的文学観に忠実であった。このため、王粲の詩は、子を棄てて嘆く婦人の視座ではなく、治者の視座から表現されている。それでも、王粲の「抱きし子を草間に棄つ」というモチーフは、戦乱の悲劇を描く新たなモチーフとして、こののち継承されていく。

王粲が亡命を余儀なくされた後漢末の戦乱は、黄巾の乱に起因する。もちろん、「乱」をいう呼称は、かれら鎮圧した後漢側からの表現であり、黄巾には黄巾の正義と理想があった。それは、「蒼天已死、黄天当立。歳在甲子、天下大吉（蒼天《そうてん》已《すで》に死す、黄天当《まさ》に立つべし。歳は甲子《こうし》に在り、天下大いに吉ならん）」という十六文字のスローガンにより表現された。

「黄天　当に立つべし」の黄天は、太平道の天である中黄太乙《ちゅうこうたいいつ》のことを指し、後漢「儒教国家」の成立以前に前漢で信仰されていた黄老《こうろう》思想〔法家と道家が融合した思想のもと、黄帝と老子を尊重する思想〕の流れを汲む。「蒼天　已に死す」の蒼天は儒教の天、すなわちそれは後漢「儒教国家」の天でもある昊天上帝《こうてんじょうてい》を指す。儒教経典の『詩経』王風《おうふう》黍離《しょり》では、昊天上帝は「蒼天」

とされている。王粲だけではない。反「儒教国家」を掲げている黄巾のスローガンまでもが、儒教により解釈される『詩経』を踏まえているのである。後漢「儒教国家」における儒教の規制力の強さが分かるであろう。

後漢の霊帝《れいてい》は、北中郎将《ほくちゅうろうしょう》の盧植《ろしょく》、左中郎将の皇甫嵩《こうほすう》、右中郎将の朱儁《しゅしゅん》に黄巾の平定を命ずる。最も活躍した皇甫嵩は、潁川《えいせん》郡の黄巾である波才《はさい》を破り、汝南《じょなん》郡・陳《ちん》郡・東《とう》郡の各地を転戦しながら勝利を重ねた。ついに広宗《こうそう》の戦いで張角《ちょうかく》の弟張梁《ちょうりょう》を討つと、すでに病死していた張角の棺《ひつぎ》を壊し、その首を洛陽に送り届ける。さらに、曲陽《きょくよう》で張角の弟張宝《ちょうほう》を討ち、黄巾の討伐に成功したのである。しかし、主力は壊滅したものの、黄巾の蜂起は止まなかった。それは、董卓《とうたく》の専横により、後漢の国家機能が完全に麻痺していたためである。

2　董卓の専横

董卓を中央に招いたものは、後漢衰退の理由となった外戚《がいせき》〔皇帝の母方の一族〕と宦官《かんがん》〔宮中に仕える去勢した男子〕との対立である。黄巾の乱が平定されると、外戚の何進《かしん》は、宦官の一掃を目指し、その後ろ楯と成り得る強力な軍隊を首都洛陽《らくよう》に呼びよせようとする。先手を打った宦官は、何進を宮中で殺害した。何進とともに計画を練っていた「四世三公《しせいさんこう》〔四代にわたって三公〈太尉《たいい》・司徒《しと》・司空《しくう》、後漢の最高政務官〉を輩出〕」の名門出身の袁紹《えんしょう》は、軍を率いて宦官を皆殺しにする。霊帝の死後に即位していた少帝《しょうてい》［在位、一八九年。のちの弘農王《こうのうおう》］と陳留王《ちんりゅうおう》［のちの献帝《けんてい》、在位一八九～二二〇年］は、宦官に連れ出され、都の外を彷徨《さまよ》った。運良くこれに出くわした董卓は、少帝を戴《いただ》いて洛陽に入城、何進の部下を自分の軍に吸収する。さらに、呂布《りょふ》を裏切らせて、自分に逆らった丁原《ていげん》を殺害すると、その軍勢をも併せて、武力により政権を掌握した。やがて、董卓《とうたく》は、少帝を廃して献帝を立て、自分の権力を誇示するに至る。

その一方で、董卓は、名声を存立基盤とする知識人層である名士《めいし》を招致して支配の安定化を試みた。侍中《じちゅう》［皇帝の諮問に応える側近官］に伍瓊《ごけい》、相国長史《しょうこくちょうし》［相国として董卓が開いた幕府の長官］に何顒《かぎょう》といった名士を次々と登用し、荀彧《じゅんいく》の伯父荀爽《じゅんそう》を司空に、陳羣《ちんぐん》の父陳紀《ちんき》を卿《けい》［大臣］に抜擢していく。董卓は、積極的に名士を登用したのである。しかし、董卓に抜擢された名士は、たとえば、韓馥《かんふく》が冀州刺史《きしゅうしし》に着任すると軍勢を集め、董卓討伐に立ちあがったように、董卓に心服することはなかった。横暴な董卓の部下となり、自らの存立基盤である名声に疵《きず》がつくことを嫌ったためである。こうした動きが、袁紹を盟主とする反董卓連合の形成へと繋がっていく。

董卓を拒否した者は、名士だけではない。「京都《けいと》の歌」もまた、董卓を拒絶していた。

京都歌

承楽世董逃　楽世を承《う》けて董は逃れ
遊四郭董逃　四郭《しかく》に遊びて董は逃れ

蒙天恩董逃　天恩を蒙《こうむ》りて董は逃れ
帯金紫董逃　金紫《きんし》を帯びて董は逃れ
行謝恩董逃　謝恩を行ひて董は逃れ
整車騎董逃　車騎を整へて董は逃れ
垂欲発董逃　発せんと欲するに垂《なんなん》として董は逃れ
与中辞董逃　中より辞して董は逃れ
出西門董逃　西門を出でて董は逃れ
瞻宮殿董逃　宮殿を瞻《み》て董は逃れ
望京城董逃　京城を望みて董は逃れ
日夜絶董逃　日夜　絶して董は逃れ
心摧傷董逃　心　摧傷《さいしょう》して董は逃る

『後漢書《ごかんじょ》』志十三　五行志《ごぎょうし》一　謡《よう》

執拗に繰り返される「董は逃」るは、董卓から逃れたい民の苦しい思いを表現している。こうした謡は、童謡《どうよう》とも呼ばれるが、「子ども」とは無縁に作成される、政治を美刺《びし》する歌である。美とは美《ほ》める、称賛することであり、刺とは風刺、批判することである。こうした「童謡」の起源は古く、たとえば儒教経典の『春秋左氏伝《しゅんじゅうさしでん》』僖公《きこう》五年の条には、晋《しん》の献公《けんこう》による虢《かく》の討伐成功を示す暗示的な予言詩が、献公の臣下である卜偃《ぼくえん》により、「童謡」として次のように告げられている。

童謡
丙之晨、龍尾伏辰
均服振振、取虢之旂
鶉之賁賁、天策焞焞
火中成軍、虢公其奔

丙《へい》の晨《あさ》に、龍の尾 辰《しん》に伏す
均服《きんぷく》 振振として、虢《かく》の旂《はた》を取る
鶉《じゅん》の賁賁《ふんぷん》たる、天策の焞焞《じゅんじゅん》たる
火の中《ちゅう》するとき軍を成し、虢公《かくこう》 其れ奔る

『春秋左氏伝』僖公 伝五年

丙の（日の）朝に、龍の尾（の星）は消える。同じ色の服を着た（晋国の将士は）意気揚々と、虢の旗を取る。鶉の（星の火が）輝き、天策［西の空］の光は薄く、（鶉の）火が盛んなときに軍は勝利をおさめ、虢公は敗走する。

このように、「童謡」という形の詩により、予言が表現されることは、春秋時代（前七七〇～前四〇三年）を描く『春秋左氏伝』にも見えるが、後漢でそれが広く流行したのは、後漢の儒教の宗教性を支えた讖緯《しんい》思想［未来を予言する思想］との関係が深い。孔子は『論語《ろんご》』の中で「怪力《かいりき》乱神《らんしん》」を語らなかったと伝えられるように、その教えに宗教的側面を強くは持たない。このため、儒教が国家権力に擦《す》り寄っていくなかで、たとえば前漢の建国者である劉邦《りゅうほう》の正統性を述べようとした際、それまでの経典だけでは不十分であった。そこで、経書《けいしょ》〔経は縦糸〕を補うために孔子の著として偽作されたものが緯書《いしょ》〔緯は横糸〕である。緯書は、文字どおり、経書を補う経義の解釈を示すものも多かったが、それ以外の圖讖《としん》とよばれる予言や占いに関わる緯書が後漢時代には尊重された。董卓の滅亡を予言する「童謡」が広められた背景には、讖緯思想の広がりがあった。

そして、何よりも、儒教における「詩」の位置づけが、「童謡」の盛行を支えた。すでに述べたように、儒教において「詩」は、君主が民の美《び》〔称賛〕あるいは刺《し》〔批判〕を知るためにある、と『毛詩』大序に説かれていた。

（人間の哀楽という）感情が（言葉という）音声に発現し、音声が文《あや》をなす。これを音という。治世の音は、安らかで楽しげである。その政治が和《やわ》らげているのである。乱世の音は、怨んで怒っている。その政治が（人々の思いから）乖離しているからである。亡国の音は、哀しく（むかしの聖代を）思っている。その民が苦しんでいるからである。このため得失を正し、天地を動かし、鬼神を感じさせるには、詩よりよいものはない。先王は詩によって夫婦を常あるものとし、孝敬を行わせ、人倫を厚くし、教化を美《よみ》し、風俗を変えた。このため詩には六義《りくぎ》がある。一は風《ふう》、二は賦《ふ》、三は比《ひ》、四は興《きょう》、五は雅《が》、六は頌《しょう》である。君主は詩により臣下を教化し、臣下は詩により君主を風刺する。文によって遠回しに風諫する［詩によって遠回しに諫する］ので、これを言う者が罪に当てられることはなく、これを聞く者は戒めるに足りる。このために風という。

『毛詩注疏』巻一　国風　周南

詩の六義は、『周礼《しゅらい》』を典拠とする。『周礼』は、六義の「風・賦・比・興・雅・頌」を「六《りく》詩《し》」と位置づけている。『周礼』は、前漢末の劉向《りゅうきょう》・劉歆《りゅうきん》父子のときに出現した儒教経典で、『毛詩』大序がその影響下に置かれていることが分かる。詩の六義という考え方は、「儒教国家」が成立しようとするころに生まれ、詩と儒教とを結びつける中心に置かれていく。

詩の六義のうち、「風」「雅」「頌」は、『詩経』の構成を大別する枠組みである。これらのうち最も成立が古い部分は、頌である。頌は、宗廟で祖先を祭る時に奏する舞楽であり、周頌《しゅうしょう》・魯《ろ》頌《しょう》・商頌《しょうしょう》に分かれる。周頌の最初の詩は「清廟《せいびょう》」で、「於《ああ》 穆《ぼく》たる清廟、肅雝《しゅくよう》たる顕相《けんしょう》。済済《せいせい》なる多士、文の徳を秉《と》る（於穆清廟、肅雝顕相。済済多士、秉文之徳）」から始まる。日本語の多士済々という四字熟語の典拠となっているように、広く知られた詩である。

次に古い部分の雅は、饗宴の際に演奏される楽曲であり、大雅《たいが》・小雅《しょうが》に分かれる。大雅の最初の詩は「文王《ぶんおう》」で、「文王 上に在り、於《ああ》 天に昭《あら》はる。周は旧邦と雖《いえど》も、其の命 維《こ》れ新《あら》たなり

（文王在上、於昭于天。周雖旧邦、其命維新）」から始まる。これは、明治「維新」の語源である。小雅の最初の詩は「鹿鳴《ろくめい》」で、「呦呦《ようよう》として鹿 鳴き、野の苹《よもぎ》を食《くら》ふ。我に嘉賓《かひん》有り、瑟《ひつ》を鼓《こ》し笙《しょう》を吹く（呦呦鹿鳴、食野之苹。我有嘉賓、鼓瑟吹笙）」から始まる。この詩は、明治期に建てられた鹿鳴館の語源であるとともに、のちに検討する曹操の「短歌行 其の二」の典拠となっている。

そして、『詩経』の最も新しい部分が風［国風］である。最初の詩である関雎《かんしょ》は、「関関たる雎鳩《しょきゅう》は、河の洲《なかす》に在り。窈窕《ようちょう》たる淑女は、君子の好逑《こうきゅう》（関関雎鳩、在河之洲、窈窕淑女、君子好逑）」から始まる。この詩も、淑女という日本語の語源となっている。日本が中国文化の影響下に、自らの文化を築き上げたことの証《あかし》である。なお、六義の残り三つである「賦《ふ》［心情を素直に表現］」と「比《ひ》［詠う対象を類似のもので喩える］」と「興《きょう》［恋愛や風刺を引き出す導入部として自然物などを詠う］」は、それぞれ『詩経』の表現技法である。

『毛詩』大序は、これらの中から、とくに「風」を取りあげて再論し、それが「美刺《びし》」説、とくに「刺」のためであることを強調する。詩は、人間の感情や思想を言葉に表現したものであるため、詩には時の政治を賛美したり風刺したりする人々の率直な「志《おもい》」が反映される。したがって、為政者が詩によって自らの政治を反省すれば、天地鬼神も感動して自然現象にその結果が現れる、とするのである。

これが「儒教国家」における詩のあり方であった。詩人の情を詠う抒情ではなく、民の志《おもい》を詩に言い、施政者を風刺することを詩に求めたのである。儒教的文学観に基づく文章の効用は、詩による「美刺」の表現で現実政治を批判することに置かれていた。董卓への批判が「童謡」として表現されたのは、このためなのである。

3　荒廃する洛陽

董卓の専横に対して、反董卓連合が結成されたが、盟主の袁紹《えんしょう》をはじめ、多くの群雄は根拠地の確保を優先した。そうしたなか、曹操は董卓が専横を振るう洛陽への進撃をとなえ、衛茲《えいじ》・鮑《ほう》信《しん》とともに成皋関《せいこうかん》の攻略を目指した。滎陽県《けいようけん》の汴水《べんすい》まで進むと、董卓の中郎将である徐栄《じょえい》に迎撃される。曹操は激しく戦ったが敗退した。しかも、私財を提供して曹操の挙兵を支えてくれた衛茲、鮑信の弟鮑韜《ほうとう》が戦死するなど、多大な損害をこうむった。曹操は、雌伏を余儀なくされる。

董卓を破った者は、呉を建国する孫権の父孫堅《そんけん》であった。孫堅は陽人《ようじん》の戦いで董卓を大破し、董卓の武将である華雄《かゆう》の首を斬る。董卓は孫堅の勇猛に恐れをなして和議を望み、孫堅の子弟を希望のまま州郡の支配者に任命するという条件を出した。しかし、孫堅は耳もかさない。董卓が洛陽を焼き払い、漢室の陵墓を盗掘したのち長安《ちょうあん》に遷都すると、孫堅は暴かれた陵墓を修復して、漢へ忠義を示した。秦より漢が受け継いだ皇帝の証《あかし》である伝国《でんこく》の玉璽《ぎょくじ》を入手したのは、この時のことである。

曹操は、のちにこの様子を楽府《がふ》［楽曲の歌詞］に詠んだ。「薤露行《かいろ》」である。薤露行とは楽府の古辞の題名である。楽府《がふ》とは、前漢の武帝《ぶてい》の創設した上林楽府《がくふ》［上林は地名、楽府《がくふ》は楽団］が、音楽史上革新的な業績を挙げ、後世の宮中音楽のあり方を規定したことに因《ちな》む言葉である。薤露行は、元来は葬送のための挽歌《ばんか》［柩《ひつぎ》を載せた車を挽《ひ》く人たちがうたう悲しみの歌］であった。

曹操の薤露行のもと歌の一つが、伝存している。作者の名は伝わらない。

薤露歌《かいろか》

薤上露　　　　薤上《かいじょう》の露《つゆ》
何易晞　　　　何《なん》ぞ晞《かわ》き易《やす》し
露晞明朝更復落　　露　晞《かわ》かば　明朝　更《さら》に復た落つ
人死一去何時帰　　人　死して　一たび去らば　何《いず》れの時にか帰らん

『太平御覧』巻十二　礼儀部　輓歌

薤露歌は、漢代には王侯・貴人の葬送の際に用いられたという。薤露とは、薤［おおにら］の葉の上の露のことで、はかなさを象徴する。しかし、すぐに乾いてしまう薤の露であっても、明日になればまた次の露が落ちてくる。そうした永遠の営みに対して、人は一度死ぬと二度と帰ることはない。

葬送曲に相応しい人の死を嘆く歌詞である。これに付けられていたメロディーは失われて久しいが、悲しいメロディーであったと考えてよい。だからこそ、曹操は、外戚と宦官の専横により後漢が滅んでいく様子をこの曲調に乗せて歌ったのであろう。

薤露行　魏武帝

惟漢廿二世　惟《おも》ふに漢の廿二《にじゅう》世
所任誠不良　任ずる所 誠に良からず
沐猴而冠帯　沐猴《もくこう》にして冠帯《かんたい》し
知小而謀彊　知小にして 謀彊《はかりごとつよ》し
猶豫不敢断　猶豫《ゆうよ》して敢《あ》へて断ぜず
因狩執君王　狩に因《よ》りて君王を執《と》る
白虹為貫日　白虹《はくこう》 為《ため》に日を貫き
己亦先受殃　己《おのれ》も亦た先づ 殃《わざわひ》を受く
賊臣持国柄　賊臣 国柄《こくへい》を持し
殺主滅宇京　主を殺し宇京《うけい》を滅ぼす
蕩覆帝基業　帝の基業を蕩覆《とうふく》し
宗廟以燔喪　宗廟《そうびょう》 以て燔《や》き喪《ほろ》ぼさる
播越西遷移　播越《はえつ》して西に遷り移るもの

号泣而且行　号泣し而《しこう》して且《か》つ行く
瞻彼洛城郭　彼《か》の洛城《らくじょう》の郭《かく》を瞻《み》れば
微子為哀傷　微子《びし》 為に哀傷《あいしょう》せん

『楽府詩集』巻二十七　相和歌辞二

「漢の廿二世」とは霊帝《れいてい》、その「任ずる所」とは大将軍《だいしょうぐん》となっていた外戚の何進《かしん》を指す。「沐猴」とは猿。猿が冠をかぶったようだ、と屠殺《とさつ》業を営んでいた何進の賤しい出自を蔑《さげす》むとともに、典拠とする『史記』巻六　項羽本紀《こううほんぎ》に基づき、荊《けい》州南陽《なんよう》郡出身の何進を文化を知らない「楚人《そひと》」と位置づける。王粲が「荊蛮」と呼んだ南方の荊州は、春秋・戦国時代には楚の領域であった。決断力に欠ける何進は、袁紹とともに宦官の誅滅を謀りながら、かえって宦官に殺害される。

「狩に因りて君王を執る」とは、混乱の中、宦官の張譲《ちょうじょう》とともに、霊帝の子少帝《しょうてい》が逃げまどい、董卓に保護されたことをいう。「賊臣」董卓は権力を握ると、「主」の少帝を初平《しょへい》元（一九〇）年正月に弑殺《しいさつ》する。すると、二月「白虹　日を貫」いた、と『後漢書《ごかんじょ》』本紀九　献帝紀《けんていき》は記す。白い虹《にじ》が日を貫くことは、君主が危害を受ける象徴であった。少帝を廃して献帝を立てた董卓は、「宇京」洛陽を破壊して、長安へと遷都する。「微子」は、殷《いん》の紂王《ちゅうおう》の庶兄。殷が滅亡したのち、廃墟となった都を見て「麦秀《ばくしゅう》」という詩を詠んだと、『史記』巻三十八　宋微子《そうびし》世家《せいか》は伝える。これを「麦秀の嘆《たん》」という。曹操は自らを微子に準《なぞら》えることにより、洛陽の廃墟を見た哀傷を表現しているのである。漢はここに滅亡したのだ、と。

現在まで伝わっている曹操の作品は二十三篇、そのすべてが楽府である。郭茂倩《かくぼうせい》『楽府詩集《がふししゅう》』の分類では、相和歌辞《そうわかじ》の範疇に入る。相和歌とは、漢の旧歌、もしくは町中の歌謡であり、拍子《ひょうし》をとって歌われた。漢代には「薤露」のように挽歌《ばんか》であったものもあるが、曹魏ではそれが一変して、笛を中心とした七種の楽器を伴った音楽として、殿上饗宴《きょうえん》の場で演奏されるものとなっていく。それは、後漢では黄門鼓吹《こうもんこすい》により皇帝の私的娯楽として演奏されていたものを曹魏が正式に宮廷音楽として採用したためである。曹操は、楽府のメロディーをそのまま踏襲しながら、歌辞を変更することにより、政権の実質的権力や威光、正統性を宣揚するため、自らの志を詩として表現したのである。

やがて、曹操に迎えられる献帝は、饗宴の場で漢の滅亡を歌った「薤露行」を聞かされることになる。その心情は、微子に通じるものがあったのであろうか。

曹操の子曹植《そうち》にも、同じメロディーに乗せた歌詞が残っている。

薤露行　　曹植

天地無窮極　　天地　窮極《きゅうきょく》無く
陰陽転相因　　陰陽《いんよう》　転じて相《あい》　因る
人居一世間　　人　一世の間に居ること

忽若風吹塵
願得展功勤
輸力於明君
懐此王佐才
慷慨独不群
鱗介尊神龍
走獣宗麒麟
虫獣猶知徳
何況於士人
孔氏刪詩書
王業粲已分
騁我逕寸翰
流藻垂華芬

忽《たちま》ち風の塵《ちり》を吹くが若《ごと》し
願はくは功勤《こうきん》を展《の》ぶるを得て
力を明君に輸《いた》さん
此の王佐《おうさ》の才を懐き
慷慨《こうがい》して独り群《ぐん》せず
鱗介《りんかい》は神龍《しんりゅう》を尊び
走獣《そうじゅう》は麒麟《きりん》を宗《そう》とす
虫獣《ちゅうじゅう》すら猶《な》ほ徳を知る
何《なん》ぞ況《いは》んや士人に於《おい》てをや
孔氏 詩書を刪《さん》して
王業 粲《さん》として已《すで》に分《あき》らかなり
我が逕寸《けいすん》の翰《かん》を騁《は》せ
流藻《りゅうそう》 華芬《かふん》を垂《た》れん

『曹子建《そうしけん》集』巻六

天と地には際限がなく、陰陽が互いに繰り返すことに比べ、人の一生は風に吹かれる路上の塵《ちり》のようである。自然の永遠と人間の有限を比較する初めの四句は、もと歌の「薤露歌」と同じである。しかし、「薤露歌」は、それを嘆くに止まる。これに対して、曹植は、限り有る一生であるからこそ、願はくは功業を打ち立て、力のすべてを明君に捧げたい、と志を述べる。定められた宿命を人間の力で打ち破っていこうとする建安文学の「風骨《ふうこつ》」と呼ばれる力強さがここにある。ただし、その志が挽歌のメロディーに乗せられているように、曹植は兄曹丕《そうひ》や兄の子明帝《めいてい》のもとで、その志を実現することはできなかった。したがって、それが不可能であるならば、虫「その代表が神龍《しんりゅう》」や獣「その宗家が麒麟《きりん》」ですら徳を知るのであるから、自らは「士人」として徳を養いたい、と続く。さらに「王業」がすでに実現している今、わたしは「逕寸の翰」「直径一寸の筆」を駆使して、文を伝えて華の香りを残したい、と三つの志を優先順位をつけながら綴《つづ》っている。

曹植が悲しみの曲調に乗せた歌は、自らの不遇を嘆き、最後には文の不朽を目指す志を歌う。ただし、その文は、すべてに優先するものではない。立功を第一とし、立徳を第二とし、立言（文の不朽）を第三とする優先順位がここにある。それは、後述するように、曹丕の『典論《てんろん》』論文篇が踏まえる『春秋左氏伝』の文学観の影響下である。

それでも、父曹操と同様、自らの志を楽府に歌いあげる、曹植の言志の文学をここに見ることができる。君主が民の志《おもい》を知るためのものと、『毛詩』大序に現れた儒教的文学観で位置づけられていた「詩」は、こうして自らの志《こころざし》を、思いの丈《たけ》を述べる抒情詩へと展開していくのである。

第二章　征西将軍とならん

曹操像（官渡）

ナポレオンのアルプス越えの像を髣髴とさせる曹操の騎馬像が，官渡の古戦場に建てられている。

1　青年曹操の抱負

曹操は、宦官《かんがん》の養子の子である。ただし、『三国志演義』で強調されるほど卑しい出自ではない。袁紹には見劣りするが、父の曹嵩《そうすう》は、三公の筆頭である太尉《たいい》にまで登った。祖父の曹騰《そうとう》も、宦官でありながら、天下の賢人を皇帝に推挙し、漢の西北で匈奴《きょうど》や鮮卑《せんぴ》と戦いを繰り広げた列将と交わりを結んだ。曹操の恩人となる橋玄《きょうげん》を見出した种暠《ちゅうこう》は、その一人である。

はじめ种暠は、曹騰に対する蜀郡太守《しょくぐんたいしゅ》の贈賄《ぞうわい》を摘発したが、曹騰に擁立されていた桓帝は、种暠の弾劾を無効とする。曹騰は自分への弾劾を意に介さず、种暠が能吏であると称え続ける。のちに种暠が司徒《しと》となると、「自分が三公になれたのは、曹常侍《そうじょうじ》［曹騰］のおかげである」と曹騰の恩を公言した。种暠に抜擢された橋玄は、曹操の出世を積極的に支援して、師の恩を曹操に返す。

橋玄は曹操に人物評価の大家である許劭《きょしょう》を訪ねさせた。許劭は、宦官の養子の子である曹操に好意的であったわけではない。のちに曹操は、袁紹の部下陳琳《ちんりん》に次のように罵られている。

袁紹の為《ため》に豫州に檄《げき》す　陳孔璋《ちんこうしょう》

……司空曹操の祖父である中常侍《ちゅうじょうじ》の曹騰は、左悺《さわん》・徐璜《じょおう》とともに禍《わざわい》をなし、財貨を貪《むさぼ》り放《ほう》

『三国志演義』毛宗崗本（毛宗崗が改訂した演義の完成版）

埒《らつ》で、教化を損ない民を痛めつけた。父の曹嵩《そうすう》は、（曹騰に）請われて養子となり、賄賂《わいろ》によって官位を得るため、金玉を車に積み、財貨を権門に運び、それによって三公の位を盗み、天子の地位を顛覆《てんぷく》させた。曹操は宦官の醜悪《しゅうあく》な子孫で、もとより善徳など持っておらず、狡賢《ずるがしこ》いこと矛先のように鋭く、騒乱を好み、災禍を楽しむ輩《やから》である。……

『文選』巻四十四　檄

陳琳は、曹操を「贅閹《ぜんえん》の遺醜《いしゅう》（宦官の醜悪な子孫）」と罵る一方で、自分が仕えていた袁紹を乱世を救うべく待望される「非常の人」と称えている。ちなみに、陳寿は、『三国志』巻一　武帝紀の評《ひょう》で曹操を「非常の人」と評している。歴史は勝者のために創られるものなのである。

それでも許劭は、三公を歴任していた橋玄の紹介を無視できなかったのであろう。曹操を「治世の能臣《のうしん》、乱世の奸雄《かんゆう》」と評価した。これを聞いた曹操は大いに笑ったという。許劭の人物評価により、宦官の孫でありながら、名士の仲間入りを承認されたと喜んだのである。

曹操は、橋玄を自分の理想とした。橋玄は、豪族《ごうぞく》［漢代の大土地所有者］の不法を許さず、外戚・宦官と関わりを持つ者でも、その不法行為は必ず弾劾した。また、末っ子を人質に立て籠もられた際には、躊躇する司隷校尉《しれいこうい》［首都圏長官］や洛陽令《らくようれい》［首都洛陽の県令］を叱咤して誘拐犯を攻撃、犯人もろとも末っ子を落命させている。橋玄は、その足で宮中に赴くと、「人質事件があった際には、人質を解放するために財貨を用いて悪事を拡大させないようにいたしましょう」と上奏する。当時、洛陽では人質事件が頻発していた。橋玄の断固たるこの処置により、人質事件は途絶《とだ》えたという。やがて曹操が採用する法に基づく厳格な「猛政《もうせい》」、これは橋玄から受け継いだものなのである。曹操は、突如現れた異端児《いたんじ》ではない。自らの理想とする橋玄に追いつき追い越そうと努力を重ね、自らの姿を作りあげていくのである。

のちに曹操は、橋玄の墓を通り過ぎると、最高の供物を捧げて橋玄を祀っている。


祀故太尉橋玄文（故《もと》の太尉《たいい》たる橋玄《きょうげん》を祀《まつ》る文）　建安《けんあん》七（二〇二）年

もとの太尉の橋公は、立派な徳と高い道をもち、広く愛して広く受け入れた。操《わたし》は若年のころ、室内に招き入れられ、君子［橋公］に認められた。（操が）栄達して注目を浴びたのは、すべて（橋公が）薦め励ましてくれたからである。かつて、橋公と約束をしたことがある。橋公は、「玄《わたし》が没した後、玄の墓を通り過ぎることがあれば、一斗《と》の酒と二羽の鶏を持ってお祀《まつ》りをしなければ、車が墓を離れる時に、（君の）お腹が痛んでも怨まないように」と言われた。親しい間柄でなければ、どうしてこのような言葉が述べられようか。今でも操は、昔を思い出して（橋公の操への）愛顧を思い、悲しみ悼《いた》む。わずかばかりの粗末な供物を捧げよう。橋公よ、これを受けてほしい。

『三国志』巻一　武帝紀注引「褒賞令《ほうしょうれい》」

文学者曹操の橋玄への思いを今に伝える文である。中国における文学は、科挙《かきょ》の試験科目が詩を重視する唐《とう》から宋《そう》にかけて、詩を中心とするようになる。しかし、南朝梁《りょう》の昭明太子《しょうめいたいし》が編纂した『文選《もんぜん》』が、班固《はんご》の「両都賦《りょうとのふ》」を冒頭に掲げるように、漢の文学は賦《ふ》に代表される文が中心であった。賦のような美文だけでなく、曹操の橋玄への祭文のような実用的な文も、表現の対象として重視された。

曹操が理想とした橋玄は、厳しい法の運用を行う一方で、代々伝わる儒教の継承者でもあった。七代前の祖先橋仁《きょうじん》は、『礼記《らいき》』〔礼の理念や具体的事例を説く儒教経典〕の学問を集大成している。その学問は「橋君学《きょうくんがく》」と呼ばれ、橋氏の家学《かがく》として継承されていた。さらに、橋玄は、桓帝《かんてい》の末年、鮮卑《せんぴ》・南匈奴《みなみきょうど》・高句麗《こうくり》が中国に侵入すると、西北方面の異民族対策の総司令官である度遼将軍《どりょうしょうぐん》として異民族を撃退し、辺境に安定を取り戻した。代々の家学として儒教を伝え、門人に教授するほどの学識を持ちながら、戦場に出れば、鮮やかな采配を振るって敵を粉砕する。さらに、内政にも通暁して三公を歴任した橋玄は、まさに「入《い》りては相《しょう》、出《い》でては将」と言われる理想的な「儒将《じゅしょう》」である。

曹操は、理想とする橋玄と同じように、辺境で漢のために戦い、功績を挙げることを人生の目標と考えていた時期がある。『魏武故事《ぎぶこじ》』に載せられる「十二月己亥令《きがいれい》」は、曹操若年の志を自ら次のように語っている。

十二月己亥令

わたしが始めて孝廉《こうれん》〔官僚登用制度〕に察挙《さっきょ》〔太守に推薦されること〕されたときは、年少で、もとより墓穴に暮らして（孝心を示す）名を知られた士などではなかったので、天下の人から、凡庸《ぼんよう》で愚かと見られることを恐れ、一郡の太守《たいしゅ》となって優れた政治と教化を行い、名誉を打ち立て、世の中の士にそれを明らかに知らせたかった。このため済南国相《せいなんこくしょう》〔国相は太守と同じ規模の国〈行政区分、名目的に王が置かれる〉の長官〕となると、残虐で汚穢《おわい》な者たちを除き、公平に察挙を行い、宦官たちの意向に背くことをした。自ら考えて、権力者たちを怒らせたことが、家の禍を招くことを恐れ、病気を理由に（故郷に）帰った。官を去った後でも、年齢はまだ若かったし、孝廉の同期の中には、年齢が五十歳になりながら、まだ老人と呼ばれていなかった者もあったことを思い、これから二十年がたち、天下が澄み渡ることを待っても、同期の年配者と同じ歳になるに過ぎない、と内心では考えていた。

それゆえ春夏秋冬、郷里に帰って、譙《しょう》県の東五十里に精舎《せいしゃ》［隠逸するための粗末な家］を建て、秋と夏は読書を、冬と春は狩猟をしようと思った。低い目立たない地に居て、泥水をかぶって自ら隠れ、賓客たちの往来も断ち切ろうと考えたのである。しかし意のごとくにはならず、後に徴召《ちょうしょう》［皇帝から召しだされること］されて都尉《とい》［部隊長］となり、典軍校尉《てんぐんこうい》［新設された霊帝《れいてい》の親衛隊を指揮する西園八校尉《せいえんはちこうい》の一つ］に遷った。

かくて思いは改められ、国家のために賊を討ち、功を立てようと考えた。諸侯《しょこう》に封建され、征西将軍《せいせいしょうぐん》［漢代を代表する方面軍司令官である四征将軍の一つ。なかでも、羌《きょう》族と戦う征西将軍は漢の将軍の花形であった］になりたいと思ったのである。そののち墓石には「漢の故《もと》の征西将軍である曹侯の墓」と刻まれる、これがその志であった。しかるに董卓の難に遭遇し、義兵を挙げたのである。……

『三国志』巻一　武帝紀注引『魏武故事《ぎぶこじ》』

これを著した建安《けんあん》十五（二一〇）年、曹操は丞相《じょうしょう》として漢の全権を掌握していた。傀儡《かいらい》としている献帝《けんてい》より、賜与された三万戸のうち、二万戸を辞退する「令」の始まり部分が、この文章である。この文章のとおり、曹操はむかし、漢の征西将軍として、漢を守ろうとする志を持つ青年であったのだろうか。それとも、文は人を欺《あざむ》くのであろうか。『三国志演義』を筆頭とする曹操に好意的ではない書籍は、この文を後者と理解する。しかし、曹操の行動を分析していけば、初期の曹操は、漢を守ろうとする強い志《こころざし》を持っていたことが分かる。

2　二袁との競い合い

志を実現するため、曹操は立ち上がる。最大のライバルは、若いころ一緒に遊んだ袁紹《えんしょう》、そして袁紹の腹違いの弟袁術《えんじゅつ》である。『三国志演義』、そして『三国志』でも、最初に皇帝を僭称《せんしょう》した袁術を貶《おとし》めているので分かりにくいが、袁術は「四世三公」の「汝南《じょなん》の袁氏」〔袁氏は汝南郡出身。名門は氏の前に郡の名を付けて呼ぶ。西晋《せいしん》以降の貴族《きぞく》制では、これを郡望《ぐんぼう》という〕の嫡流〔袁術は正妻の子、袁紹は妾《めかけ》の子〕であり、袁紹と袁術が後漢末の二大勢力であった。母の身分が異なるためか、二人は仲が悪かった。このため、二人の対立が後漢末の群雄の勢力図に影響を及ぼした。董卓が王允《おういん》と呂布《りょふ》によって殺害されたのち、割拠した群雄は、袁紹―曹操―劉表《りゅうひょう》と袁術―孫堅《そんけん》―公孫瓚《こうそんさん》という二大勢力の対決の構図で把握できるのである。

しかし、袁術は皇帝を僭称したことを機に没落する。一方、袁紹は、順調に勢力を拡大していた。嫡子の袁術《えんじゅつ》が、家柄を笠に着て奢り高ぶったことに対して、袁紹は、よく人に遜《へりくだ》り、その意見を尊重したので、多くの名士を配下に集めた。荀彧《じゅんいく》も郭嘉《かくか》も、初めは袁紹に従っていた。

戦略にも誤りはなかった。袁紹は、黄河より南にある汝南郡を故郷とするが、あえて河北《かほく》（黄河の北）を拠点とした。これは後漢を建国した光武帝劉秀《こうぶていりゅうしゅう》の戦略を踏襲したものである。

赤壁より出土した弩（呉の呂岱の名が刻まれている）

「幽州突騎《ゆうしゅうとっき》」と呼ばれる烏桓族《うがんぞく》を中心とする騎兵を備える幽州、「冀州強弩《きしゅうきょうど》」と呼ばれる騎兵に対抗できる弩兵《どへい》［弓より大型な弩を主力兵器とする歩兵］を主力とする冀州のほか、并州《へいしゅう》にも多くの異民族が雑居する河北は、強力な兵馬を整えられる軍事拠点であった。また、黄巾の乱の被害も少なく、十分な兵糧を供給できる経済力も持っていた。最も異民族の多い涼州《りょうしゅう》を背後に持つ軍事拠点の長安《ちょうあん》が、すでに董卓《とうたく》に占領されている以上、冀州を足掛かりに河北を基盤とし、天下を統一するという袁紹の戦略は、まさしく王道であった。袁紹は、建安《けんあん》四（一九九）年、幽州に拠る公孫瓚を滅ぼし、河北《かほく》四州を制圧する。

このように、河北《かほく》に勢力を拡大していく袁紹を見て、曹操の謀臣である鮑信《ほうしん》は、黄巾の盛んな河南《かなん》に出ることを勧める。曹操は、董卓に敗れたのち、袁紹のもとに身を寄せていたのである。袁紹の同意のもと河南に出て、兗州牧《えんしゅうぼく》となった曹操は、青州《せいしゅう》の黄巾と激しく戦い、鮑信を失った。『三国志』の裴注《はいちゅう》［劉宋《りゅうそう》の裴松之《はいしょうし》が陳寿《ちんじゅ》の採用しなかった記録を補って付けた注］には、黄巾から曹操への降服要求書も残されている。ところが、曹操は、黄巾と盟約を結び、兵三十万・民百万を帰順させた。この中から精鋭を集めたものが、曹操の軍事的基盤となった青州兵《せいしゅうへい》である。青州兵を得たことは、その直後に程昱《ていいく》が参入するなど、曹操への期待感を高めた。ここに荀彧《じゅんいく》が加入する。荀彧の属する「潁川《えいせん》の荀氏」は、董卓に伯父の荀爽が辟召《へきしょう》〔三公・九卿《きゅうけい》・将軍・太守などが、部下として召し出すこと〕されるなど、名士の本流であった。「潁川の荀氏」の中でも高い名声を持つ荀彧が、袁紹を見限って曹操に従ったことは、多くの名士が曹操集団に参加する契機となった。もちろん、曹操の漢室復興の志に共鳴した荀彧も、積極的に名士を曹操に推挙していく。

曹操は、荀彧の潁川郡への影響力を利用して、経済的基盤となる屯田制《とんでんせい》を潁川郡許《きょ》県の周辺で始めた。曹操までの屯田制は、兵糧を確保するため、駐屯地で軍隊が戦闘時以外に耕作を行う軍《ぐん》屯《とん》であった。軍屯は、中国の各時代のみならず世界各地でも行われている一般的な制度である。これに加えて、曹操は、君主権力の基盤である農民支配を確立するため、軍屯だけではなく、一般の農民に土地を与える民屯《みんとん》を行った。これが、隋唐《ずいとう》の均田制《きんでんせい》の直接的な源流となる新しい制度であり、曹操の死後も曹魏の財政を支え続ける。そして、荀彧の献策に基づき、自らの正統性を確立するため、献帝を擁立した。自らが帝位に即く可能性を失う献帝の擁立に曹操が同意した理由は、父を殺された復讐を機に行った徐《じょ》州での民への大虐殺により、いったん得た名士からの支持を失いかけていたからである。献帝の擁立により、それが回復したことは、儒教に支えられた漢の影響力の強さを物語る。

こうして曹操は、献帝擁立とそれを支持する荀彧を中心とする名士層という政治的正統性、青州兵という軍事的基盤、屯田制という経済的基盤を兼ね揃え、天下分け目の戦いに赴く。建安《けんあん》五

（二〇〇）年、官渡《かんと》の戦いである。官渡の戦いでは、曹操の旧友で袁紹に仕えていた名士許攸《きょゆう》のもたらした烏巣《うそう》急襲策を採用して、数的不利を逆転する勝利を納めた。曹操の勝因は、許攸の寝返りと袁紹の優柔不断にある。ただし、それだけではあるまい。歴史が曹操の勝利を求めていたのである。

袁紹が勝ち、天下を統一しても、漢に代わる次代を切り開く国家を創ることは、できなかった。漢の統治システムの限界を打破する屯田制や青州兵などの政策を果敢に推進していたからこそ、勝利の女神、中国ではそれを「天」、あるいは「天命」と表現するが、天は曹操に微笑んだのである。

勝者となった曹操は、洛陽の廃墟を見た哀傷を表現する「薤露行」と同じく、挽歌により「二袁」［袁紹と袁術］の敗北を詠いあげる。

蒿里《こうり》行　　　　魏武帝

関東有義士　　関東に義士《ぎし》有り
興兵討群凶　　兵を興《おこ》し群凶《ぐんきょう》を討たんとす
初期会盟津　　初め期し盟津《めいしん》に会せしに
乃心在咸陽　　乃《すなわ》ち心は咸陽《かんよう》に在り
軍合力不斉　　軍　合はすれども力　斉《あは》せず

躊躇而雁行　　躊躇して雁行《がんこう》す
勢利使人争　　勢利　人をして争はしめ
嗣還自相戕　　嗣《つ》ぎて還《もっ》て自ら相戕《あいそこな》ふ
淮南弟称号　　淮南《わいなん》に弟　号を称し
刻璽於北方　　璽《じ》を北方に刻む
鎧甲生蟣蝨　　鎧甲《がいこう》　蟣蝨《きしつ》を生じ
万姓以死亡　　万姓　以《もっ》て死亡せり
白骨露於野　　白骨　野に露《さら》され
千里無雞鳴　　千里　雞の鳴く無し
生民百遺一　　生民　百に一を遺《のこ》すのみ
念之断人腸　　之を念《おも》へば人の腸《はらわた》を断たしむ

『楽府詩集』巻二十七　相和歌辞二

蒿里もまた楽府古辞の題名で、「薤露行」と同様、葬送の際に歌う挽歌《ばんか》である。初平《しょへい》元（一九〇）年、「関東」の「義士」たちは、袁紹を盟主に董卓を討伐するための連合軍を結成した。「盟津」とは孟津《もうしん》、かつて周《しゅう》の武王《ぶおう》が殷《いん》の紂王《ちゅうおう》を討ったと伝えられる場所に集まった彼らの心は、「咸陽」すなわち長安《ちょうあん》にある献帝に向けられていたはずであった。ところが、反董卓連合軍は、自らの利益のために仲間割れを始め、盟主の袁紹自らが、故吏《こり》［もとの部下］の韓馥《かんぷく》から冀州《き》を奪う有り様であった。このとき曹操は、ひとり董卓と滎陽《けいよう》に戦って敗れているが、これは歌われない。当時にあっては、曹操の志を明らかにし、名士からの支持が集まった重要な戦いであったが、自らの詩に敗戦を詠みこむことはないのである。

建安二（一九七）年、「淮南」の袁術が帝を僭称《せんしょう》すると、曹操はこれを破り、袁術は玉璽《ぎょくじ》を「北方」の袁紹に譲って支援を得ようとする。この「二袁」の行動こそ、国中の民を塗炭《とたん》の苦しみに陥れた原因である。今日の安定は、「二袁」を打ち破った曹操の活躍により、もたらされた。「蒿里行」は、滅びゆく漢への挽歌であるとともに、今日の安定を実現した曹操へのオード（頌歌《しょうか》）なのである。

3　華北の統一

官渡での敗戦により袁紹の威名は衰え、河北一帯では袁紹に対する反乱が相継いだ。袁紹は、その平定に奔走するなか、建安七（二〇二）年に病死する。反乱平定に忙殺されるうち、後継者を定める間もなく袁紹が死去したため、長子の袁譚《えんたん》と末子の袁尚《えんしょう》による後継ぎ争いが起きた。これは、曹操を利するだけである。袁氏の南方進出の拠点である黎陽《れいよう》を陥落させた曹操は、いったん南の荊《けい》州攻撃に向かう。すると、袁尚は兄の袁譚を攻撃し、行き場をなくした袁譚は曹操に降伏する。兄弟の対立をあおるため、曹操はわざと南方を攻撃して、袁氏への圧力を弱めたのである。

これを機に曹操は、袁尚の拠点である鄴《ぎょう》を一気に攻撃する。あわてた袁尚は、援軍を率いて曹操に立ち向かう。それを撃破した曹操は、逃走した袁尚の衣類を鄴に立て籠もる家族に見せ、城内をパニックに陥らせる。鄴は陥落し、袁尚を支え続けていた名士の審配《しんぱい》は殺された。冀《き》州の中心であった鄴は、こののち拡充され、冀州牧《きしゅうぼく》に就き、やがて魏王となる曹操の実質的な首都となっていく。

さらに、曹操は建安十一（二〇六）年正月、鄴より北上して太行山《たいこうさん》を上り、壺関《こかん》を攻めて袁紹の外甥である高幹《こうかん》を討った。その際の労苦を歌ったものが「苦寒行《くかんこう》」である。

苦寒行　　　魏武帝

北上太行山　　北のかた太行山に上れば
艱哉何巍巍　　艱《けわ》しき哉《かな》　何《なん》ぞ巍巍《ぎぎ》たる
羊腸坂詰屈　　羊腸《ようちょう》として坂は詰《を》れ屈《まが》り
車輪為之摧　　車輪も之《これ》が為《ため》に摧《くだ》かれんとす
樹木何蕭瑟　　樹木は何ぞ蕭瑟《しょうひつ》たる
北風声正悲　　北風の声は正《まさ》に悲し

熊羆対我蹲
虎豹夾路啼
渓谷少人民
雪落何霏霏
延頚長嘆息
遠行多所懐
我心何怫鬱
思欲一東帰
水深橋梁絶
中路正徘徊
迷惑失故路
薄暮無宿棲
行行日已遠
人馬同時飢
担嚢行取薪
斧氷持作糜
悲彼東山詩

熊羆《ゆうひ》は我に対《むか》ひて蹲《うづくま》り
虎豹《こひょう》は路を夾《はさ》みて啼《な》けり
渓谷　人民少く
雪　落つること何ぞ霏霏《ひひ》たる
頚《くび》を延《の》べ長く嘆息す
遠き行《たび》は懐《おも》ふ所多し
我が心　何《なん》ぞ怫鬱《ふつゆう》たる
一《ひと》へに東に帰らんと思ひ欲《ねが》ふ
水は深く橋梁《きょうりょう》は絶《た》へ
中路にて正《まさ》に徘徊せり
迷い惑《まど》ひて故《もと》の路を失ひ
薄暮《はくぼ》に宿り棲《す》むこと無し
行き行きて日に已《すで》に遠く
人と馬と同時に飢《う》ゑぬ
嚢《ふくろ》を担《にな》ひ行きて薪《まき》を取り
氷を斧《さ》き持て糜《かゆ》を作れり
悲しきは彼《か》の東山《とうざん》の詩

悠悠使我哀　悠悠《ゆうゆう》として我を哀《かな》しましむ

『楽府詩集』巻三十三　相和歌辞二

むすびの句にいう「東山の詩」とは、『詩経』豳風《ひんぷう》東山である。したがって、曹操の詩意は、「東山の詩」を踏まえて、初めて理解できる。

東山

我徂東山　慆慆不帰　我　東山に徂《ゆ》き　慆慆《とうとう》として帰らず
我来自東　零雨其濛　我　東より来たれば　零雨《れいう》　其《そ》れ濛《もう》たり
我東曰帰　我心西悲　我　東にありて帰へらんと曰《い》ひ　我が心　西に悲しむ
制彼裳衣　勿士行枚　彼の裳衣《しょうい》を制す　行枚を士《こと》とする勿《な》し
蜎蜎者蠋　烝在桑野　蜎蜎《けんけん》たる者は蠋《しょく》　烝《ひさ》しく桑野《そうや》に在り
敦彼独宿　亦在車下　敦《とん》たる彼《か》の独宿　亦た車下に在り

『毛詩注疏』巻八　豳風　東山

「東山」は、毛伝《もうでん》によれば、周公《しゅうこう》が管叔《かんしゅく》・武庚《ぶこう》を東征して帰ったのち、従軍した将士の労をねぎらった詩である。曹操は、『詩経』の「東山」の詩を踏まえることにより、自らを周公に準えるとともに、出征の労苦を歌いあげた。しかも、それは、太行山と壺関との間の「羊腸」坂という具体的な地名を掲げるように、一般的な軍人の労苦を歌ったものではない。「悲しい」北風が吹きすさぶなか、熊や虎ばかりの人跡《じんせき》途絶《とだ》えた道を雪を圧して進み、橋はなく道に迷ったすえの、高幹との戦いを踏まえたものであった。

　楽府は、宴会で音楽を伴って歌われる。具体的な表現に、将も兵も自分たちの労苦を思い出し、曹操のもと勝利をおさめた喜びを共有できたであろう。注意すべきは、楽府の詩句の中に、戦いの大義名分や正統化、あるいは曹操の三軍を叱咤する姿が詠まれないことである。歌われることは、あくまでも従軍する兵士の悲しみである。ここに曹操の詩人としてのセンスを見ることができる。そして、兵士の悲しみは、『詩経』を踏まえることで、周公に準え得る曹操の正統性を表現する歌に位置づけられていくのである。

　こうした曹操の正統性を言祝《ことほ》ぐための具体的な表現は、さらに苦しかった烏桓《うがん》への遠征を詠った「歩出夏門行《ほしゅつかもんこう》」にも見ることができる。

豔《えん》　　魏武帝

雲行雨歩　　雲と行き雨と歩み
超越九江之皐　　九江《きゅうこう》の皐《さわ》を超越す
臨観異同　　異同を臨み観《み》

心意懐游豫　　心意　游豫《ゆうよ》を懐く
不知当復何従　　当《まさ》に復た何に従ふべきかを知らず
経過至我碣石　　経《い》き過ぎて　我　碣石《けっせき》に至り
心惆悵我東海　　心　我　東海に惆悵《ちょうちょう》す

『楽府詩集』巻二十七　相和歌辞十二

艶とは序曲のことである。建安十二（二〇七）年、曹操は袁氏と協力関係にあった烏桓を北征し、河北の平定を成し遂げる。艶では、その道行《みちゆき》、鄴《ぎょう》より碣石山《けっせきざん》に至るまでのことを歌う。「異同」は北伐をめぐる諸将の意見、より直接的には柳城《りゅうじょう》への侵寇路をめぐる議論の相違を指す。「惆悵」は心の乱れ、かつてない遠距離の征討を行うべきか否か。曹操はかなり悩んだようである。「游豫」は、袁紹と劉表のどちらを先に攻めようか、という思いである。烏桓遠征は、果断な曹操を悩ませるほどの大遠征であった。しかし、それなくして、北辺の安定はない。曹操は、烏桓の拠点であった柳城を攻め落とす。

観滄海（滄海を観る）

東臨碣石　以観滄海　　東のかた碣石に臨みて　以て滄海《そうかい》を観る
水何澹澹　山島竦峙　　水　何ぞ澹澹《たんたん》たる　山島は竦《そび》え峙《そばだ》つ

樹木叢生　百草豊茂
秋風蕭瑟　洪波湧起
日月之行　若出其中
星漢燦爛　若出其裏
幸甚至哉　歌以詠志

樹木は叢生《そうせい》し　百草《ひゃくそう》は豊かに茂り
秋風は蕭瑟《しょうしつ》と　洪波《こうは》は湧き起こる
日月　之《こ》れ行くこと　其の中より出《い》づるが若《ごと》く
星漢《せいかん》の燦爛《さんらん》　其の裏《うち》より出づるが若し
幸い甚《はなは》だしくして至れる哉《かな》　歌ひて以て　志《こころざし》を詠《うた》はん
『楽府詩集』巻三十七　相和歌辞十二

内陸生まれの曹操は、このとき初めて海を見た。その感激を「観滄海《かんそうかい》」は詠う。しかも、古来より「碣石」は、帝王の巡狩《じゅんしゅ》が繰り返された場所である。秦《しん》の始皇帝《しこうてい》は、第四回巡狩において渤《ぼっ》海《かい》に至る途上、碣石に至り、「碣石門刻石《けっせきもんこくせき》」を作っている。また、前漢《ぜんかん》の武帝《ぶてい》は、泰山《たいざん》における封禅《ほうぜん》［高い功績をあげた君主にのみ許される天地の祀り］の後、方士《ほうし》［神仙術や占卜による予言を行う術師］の進言に従って「蓬莱《ほうらい》［仙人の住む山］の諸神」に遭うため、「碣石」に足を延ばしている。秦漢を代表する両皇帝を意識しながら、曹操は「碣石」の景色を歌い、「日月［太陽と月］」の運行も、「星漢［天の川］」の輝きも海から現れると表現する。

遼東への遠征は、秋から冬にかけての寒さと旱《ひでり》のため、二百里［約87㎞］にわたって水はなく、軍糧は欠乏して馬数千頭を殺して食糧とし、地を三十余丈《じょう》［三十丈は約69ｍ］も掘ってようやく水を手に入れたと伝えられる。そうした苦しい遠征の中、ようやく碣石山に至って海を見て、古の帝王を思いながら、自らの志を表出した詩句であろう。最後の二句は、「観滄海」だけではなく、このあとの歌詞でも繰り返される。リフレインにより、歌が志を詠ずるものであることを強調していく。ちなみに、毛沢東は「浪淘沙《ろうとうさ》・北戴河《ほくたいが》」という詩の中で、「魏武（曹操）は鞭《むち》を揮《ふる》ひ、東のかた碣石に臨みて遺篇《いへん》有り」と、この楽府に触れている。

冬十月

孟冬十月　北風徘徊
天気粛清　繁霜霏霏
鵾雞晨鳴　鴻雁南飛
鷙鳥潜蔵　熊羆窟棲
銭鎛停置　農収積場
逆旅整設　以通賈商
幸甚至哉　歌以詠志

孟冬《もうとう》の十月　北風は徘徊《はいかい》す
天気は粛清として　繁霜《はんそう》は霏霏《ひひ》たり
鵾雞《こんけい》は晨《あさ》に鳴き　鴻雁《こうがん》は南に飛び
鷙鳥《しちょう》は潜蔵《せんぞう》し　熊羆《ゆうひ》は窟棲《そうせい》す
銭鎛《せんふ》は停置し　農収は場に積まれ
逆旅《げきりょ》は整設して　以て賈商《こしょう》を通ず
幸い甚しくして至れる哉　歌ひて以て志を詠はん。

『楽府詩集』巻三十七　相和歌辞十二

「冬十月」は、柳城から撤収する途上を詠む。厳しい自然条件の中で暮らす人々の様子が歌われている。「農収は場に積まれ」の「場」は、『詩経』豳風《ひんぷう》七月に基づく。

七月
九月築場圃　　九月　場を圃《ほ》に築き
十月納嘉禾稼　十月　禾稼《かしょく》を納《い》る
……

『毛詩注疏』巻八　豳風　七月

毛序は、豳風の七篇をすべて周公と関連づけて解釈している。「冬十月」も、新たに支配した河北の統治を安定させ、それを周公の事跡に準える、曹操の正統性を歌う詩である。

袁紹の旧領に対して、曹操はすべてを許容する寛容な支配者として臨んだわけではない。旧袁紹治下の地域において、恣意的な人物評価が人事を歪《ゆが》めていたことを曹操は厳しく批判した。名士の自律的秩序の可視的表現である人物評価により人事が行われることは、君主である曹操の権力を掣肘《せいちゅう》するためである。曹操は、建安十（二〇五）年九月、つぎのような令を下している。

整斉風俗令（風俗を整斉《せいせい》する令）

臣下が党派を組む風習は、古《いにしえ》の聖人も憎んだことである。冀《き》州の風俗を聞くと、父子ですら党派を異にし、たがいに貶《けな》したり褒めたりしているという。むかし直不疑《ちょくふぎ》は、兄が無いのに、世間から兄嫁を寝取ったといわれ、第五伯魚《だいごはくぎょ》は三たび親のない女性を妻としたが、妻の父を叩いたといわれた。王鳳《おうほう》は権力をほしいままにしたが、谷永《こくえい》はこれを申伯《しんはく》［周の宣王の臣下］と比べ（るほと高く評価し）、王商《おうしょう》は忠義であったが、張匡《ちょうきょう》はこれを邪道といった。これはみな白を黒とし、天を欺《あざむ》き君を罔《なみ》するものである。吾《わたし》は風俗を整斉しようと考える。これらの四人のようなものが除かれないことを吾は羞《はじ》としよう。

『三国志』巻一　武帝紀

このように、曹操は冀州の風俗である、臣下が党派を組む風習を撲滅することを二年前に宣言していた。党錮《とうこ》の禁［宦官《かんがん》を批判する知識人を党人《とうじん》〈悪い仲間〉として後漢から排除した事件。名士の基盤である人物評価に基づく名声は、宦官政権を批判する党人から生まれたため、権力に対して自律性を持つ］の流れを組む名士の仲間社会は、君主権力の伸張を妨げる。袁紹は、これを放置したために、曹操に敗れたのである。したがって、河北の風俗の違いは、曹操にとって重大な問題であり、それは、「土不同」にも詠み込まれている。

土不同（土　同じからず）

郷土不同　河朔隆寒　郷土　同じからざれば　河朔《かさく》　隆《さか》んに寒く、

流澌浮漂　舟船行難　流澌《りゅうし》は浮かび漂《ただよ》ひ　舟船《しゅうせん》　行くこと難し

錐不入地　蘴薭深奥
水竭不流　冰堅可蹈
士隠者貧　勇俠軽非
心常歎怨　戚戚多悲
幸甚至哉　歌以詠志

錐《きり》も地に入らず　蘴薭《ふうらい》は深奥たり
水は竭《つ》きて流れず　冰は堅く蹈《ふ》む可きなり。
士の隠《いた》む者は貧なれば　勇俠《ゆうきょう》にして非を軽《かろ》んず
心 常に歎《なげ》き怨み　戚戚《せきせき》として多く悲しむ
幸い甚しくして至れる哉　歌ひて以て志を詠はん

『楽府詩集』巻三十七　相和歌辞十二

郷土が同じでないことは、前半部で表現される厳しい自然だけではない。「勇俠」［勇敢な男だて］で「非」［拒否すること］を軽く考える河北には、厳しい統治が必要である。曹操は、袁紹治下の寛治《かんち》［ゆるやかな統治。豪族の力を伸張させる代わりに、それを利用する後漢の支配］に弛緩した河北の支配を、猛政《もうせい》［法律と刑罰を重視する厳しい曹操の支配］により再編していく。その決意が詩に現れている。

亀雖寿（亀は寿《じゅ》なりと雖《いえど》も）

神亀雖寿　猶有竟時
騰蛇乗霧　終為土灰
驥老伏櫪　志在千里

神亀《じんき》は寿なりと雖も　猶《な》ほ竟《おわ》る時有り
騰蛇《とうだ》は霧《きり》に乗るも　終《つい》に土灰《どかい》と為る
驥《き》 老ひて　櫪《うまや》に伏すも　志《こころざし》は千里に在り

烈士暮年　壮心不已
盈縮之期　不但在天
養怡之福　可得永年
幸甚至哉　歌以詠志

烈士は年を暮るるも　壮心　已《や》まず
盈縮《えいしゅく》の期は　但《た》だ天に在るのみならず
養怡《ようい》の福　永年を得る可し
幸い甚しくして至れる哉　歌ひて以て志を詠はん
『楽府詩集』巻二十七　相和歌辞十二

「亀雖寿」は、前半において運命論を提示して、生あるものには必ず終わりが来るとの諦観《ていかん》を述べる。後半においてこの運命を乗り越えるものとして意志の力を提示し、それにより「永年」をも摑《つか》み得る可能性を宣言する。「驥　老ひて　櫪に伏すも［「老驥　櫪に伏すも」と伝える本もある。］その方が有名］、志は千里に在り」「烈士は年を暮るるも、壮心　已まず」の二句が、曹操の作品のなかでも、ことに有名な句であるのは、曹操の生涯に運命を超える意志の力を感じる後世の者が多かった証拠となろう。

このように「歩出夏門行《ほしゅつかもんこう》」には、「亀雖寿」のように、運命論とそれを超える人間の意志の力を詠み込む部分もあるが、全体に描かれる詩題は、曹操が最終的に河北平定を成し遂げた烏桓《うがん》遠征の労苦である。その苦しい遠征を楽府《がふ》に歌うことにより曹操は、事実上滅亡している漢に代わって、自分こそが新しい時代を切り開いた英雄であることを高らかに宣言したのである。

第三章　酒にむかえば当に歌うべし

武赤壁

蘇軾が「赤壁の賦」を詠んだと言われる「文赤壁」に対して，古戦場の赤壁は，「武赤壁」と呼ばれる。実際の戦闘は，対岸の烏《う》林で行われている。

1　赤壁の戦い

建安十三（二〇八）年、曹操は、劉備《りゅうび》と結んだ孫権《そんけん》の部将周瑜《しゅうゆ》に、赤壁《せきへき》の戦いで大敗を喫した。しかし、曹操は、疫病によって兵を退いたに過ぎない、と言い続けた。建安十五（二一〇）年ごろ、曹操に代わって、孫権宛の書簡を著した「建安《けんあん》の七子《しちし》」の一人である阮瑀《げんう》は、和議を結ぶ文章の中で、赤壁の戦いを次のように表現している。

曹公の為に書を作り孫権に与ふ　　阮元瑜《げんげんゆ》

……むかし赤壁の戦いでは疫病が流行したので、船を焼いて自ら帰り、（疫病が流行るような）悪い土地を避けた。周瑜の水軍が（我が軍を）挫《くじ》くことができたわけではない。江陵《こうりょう》の守りも、物資や食糧が尽き、拠ることができなくなったため、民を移住させ軍隊を返したに過ぎない。周瑜が（我が軍を）破ったわけではない。荊州《けい》はもともと我が領土ではない。我はことごとく（荊州を）君に与え、それ以外を取ることにしよう。……

『文選』巻四十二　書

阮瑀はこののち、孫権が天険と頼む長江《ちょうこう》もまた、千里に及ぶ長大な水域であるから、智略を縦横無尽に用いることができるので、いくらでも渡ることができる、と強気な姿勢を強調する文を続け、孫権との和議をなるべく有利に結ぶように表現を凝《こ》らす。楽府《がふ》や詩といった韻文だけが、文学ではない。今日では、文学の範疇に含まれない外交文書や書簡といった実用的な文もまた、文学の重要な一要素であった。曹操の幕府では、こうした実用文は、阮瑀と陳琳《ちんりん》が一手に引き受けていたという。

曹操が赤壁の戦いに敗れた理由は、慣れない水戦と油断にある。赤壁の戦いまでの中国史では、戦いは騎兵を切り札とする陸戦で決するものであった。長江流域の勢力が、黄河《こうが》を支配した勢力を水戦で破ったことは、赤壁の戦いを始まりとする。長江流域の主戦である水戦に、華北《かほく》の政治勢力が全力を尽くす必要は、これまでにはなかった。中国は、あくまで黄河流域が中心であった。ところが、華北を中心とした黄巾の乱、および折からの地球規模での気候変動による寒冷化は、長江流域の人口を増加させていた。長江中下流域を支配する孫呉《そんご》、上流域を支配する蜀漢《しょくかん》が、曹《そう》魏《ぎ》に対抗して三国鼎立《ていりつ》を実現できた理由である。諸葛亮《しょかつりょう》と魯粛《ろしゅく》は、こうした大きな変革期に適合する戦略として、手段と目的は異なるものの、ともに「天下三分」を掲げたのである。

また、のちに劉備が支配する益州《えきしゅう》からは、劉璋《りゅうしょう》が恭順の意を示すため、曹操に援軍を派遣していた。荊州を支配していた劉表《りゅうひょう》の水軍が曹操に降服しただけではなく、孫権の一族からも内応の兆しがあった。圧倒的に優勢な状況の中で、曹操には油断があった。その証拠に、曹操は赤壁の戦いに火攻めで敗れている。自らが研究し、注釈を付けた『孫子《そんし》』が深く警戒すべきとする戦法である。
曹操の代表作「短歌行《たんかこう》 其《そ》の一」が、いつ詠まれたのかは明らかではない。『三国志演義』は、それを赤壁の戦いの前に歌った不吉な詩であるとする。

短歌行 其の一　魏武帝

対酒当歌　酒に対《むか》へば当《まさ》に歌ふべし
人生幾何　人生 幾何《いくばく》ぞ
譬如朝露　譬《たと》へば朝露《ちょうろ》の如《ごと》し
去日苦多　去日《きょじつ》は苦《はなは》だ多し
慨当以慷　慨《なげ》きて当《まさ》に以《もっ》て慷《いた》むべし
憂思難忘　憂思《ゆうし》 忘れ難し
何以解憂　何を以てか憂ひを解かん
唯有杜康　唯《た》だ杜康《とこう》 有るのみ
青青子衿　青青たる子《きみ》が衿《えり》
悠悠我心　悠悠《ゆうゆう》たる我が心
但為君故　但《た》だ君の為《ため》の故《ゆえ》に
沈吟至今　沈吟《しんぎん》して今に至る

呦呦鹿鳴
食野之苹
我有嘉賓
鼓瑟吹笙
明明如月
何時可輟
憂従中来
不可断絶
越陌度阡
枉用相存
契闊談讌
心念旧恩
月明星稀
烏鵲南飛
繞樹三匝
何枝可依
山不厭高

呦呦《ようよう》と鹿は鳴き
野の苹《よもぎ》を食《くら》ふ
我に嘉賓《かひん》有らば
瑟《ひつ》を鼓《こ》し笙《しょう》を吹かん
明明 月の如《ごと》きも
何《いずれ》の時にか輟《ひろ》ふ可き
憂ひは中より来《きた》り
断絶す可《べ》からず
陌《ひゃく》を越へ阡《せん》を度《わた》り
枉《ま》げて用《もっ》て相《あい》存せよ
契闊《けいかつ》して談讌《だんえん》し
心に旧恩を念《おも》はん
月 明らかに 星 稀《まれ》にして
烏鵲《うじゃく》 南に飛ぶ
樹《き》を繞《めぐ》ること三匝《めぐ》り
何《いずれ》の枝にか依る可き
山は高きを厭《いと》はず

水不厭深　水は深きを厭はず
周公吐哺　周公　哺《ほ》を吐きて
天下帰心　天下　心を帰せり

『楽府詩集』巻三十　相和歌辞五

西晉《せいしん》の崔豹《さいひょう》の『古今注《ここんちゅう》』巻中によれば、「長歌」と「短歌」は、人の力ではどうすることもできない寿命の長短を嘆くことを歌うものである、という。曹操の「短歌行 其の一」も、「人生幾何《いくばく》ぞ」と人の寿命の短さを嘆く。それを「朝露」にたとえることは、建安文学に先行する「古詩十九首《こしじゅうきゅうしゅ》」の十三に見える。朝露にも似た人生のはかなさ、その憂いを解くものは、「杜康《とこう》」しかない。杜康は酒の神、転じて酒そのものをいう。

「古詩十九首」の十三が、朝露から人生のはかなさに沈潜していくことに対して、曹操は、従来の「短歌」の主題を踏襲しながらも、二つの『詩経』を典拠に、はかない人生だからこそ、人材を登用して世を正していくべしという、運命を乗り越えていく志《こころざし》を述べる。ここに、「建安の風骨《ふうこつ》」と称されるこの詩の力強さがある。二つの『詩経』のうち、日本人に馴染みのある字句は、鹿鳴《ろくめい》であろう。外国からの賓客を招く館を「鹿鳴」と名付けたのは、すでに述べたように、『詩経』小雅《しょうが》の最初の詩である鹿鳴を典拠とする。

したがって、この歌詞を聞いた名士は、「呦呦と鹿は鳴き」からの四句が、『詩経』鹿鳴からの引用であり、周王《しゅうおう》や諸侯が賓客を歓待したことを歌った内容を持ち、曹操が人材を歓待する典拠として踏まえていることを理解できた。さらには、最後の二句「周公 哺《ほ》を吐きて 天下 心を帰せり」（人材が来たことを聞いた周公は哺〈口の中の食べかけ〉を吐きだして急いで会いに行き、その姿に天下は心を帰した）」は、『韓詩外伝《かんしがいでん》』巻三を典拠とする、天下の人材を懸命に登用しようとした周公《しゅうこう》の故事を踏まえている。すなわち、この楽府《がふ》は、冒頭で述べるような、人生のはかなさや酒の効用を主題とするのではなく、曹操が積極的な人材登用を行うことで運命を切り開いていく、という志と施政方針を歌った作品であることが分かったはずである。『三国志演義』が、遠征中に「何《いずれ》の枝にか依る可き」と歌うことは不吉、とすることは、曲解も甚だしい。

「青青たる子が衿」から始まる四句は、『詩経』鄭風 子衿《しきん》を典拠とする。この詩は、「青青たる子が衿」を思う少女が、青年を愛しく思う気持ちを詠んだとも解釈できる。それを、少女が青年を思うように君主は賢才を思慕した、と解釈することで、『詩経』は儒教経典となっていた。こうした文学と儒教との関係性を十分に踏まえた上で、曹操は楽府に自らの施政方針を表現した。はかない人生を我が手で切り開いていく志を歌い、自らの情を抒べて、楽府によって自らの正統性と志を詠いあげたのである。そうした行為もまた、『尚書《しょうしょ》』の「詩は志を言う（詩言志）」という儒教の経義に則したものであった。これが曹操の文学である。

2　文学の宣揚

赤壁の戦いに敗れた曹操は、天下の統一よりも内政に重点を置くようになる。儒教、具体的な経典名で言えば、『春秋公羊伝《しゅんじゅうくようでん》』によって守られている「聖漢《せいかん》」を変革するためには、儒教に挑戦していくことが必要となる。このために、曹操の掲げた人事基準が、唯才《ゆいさい》主義であった。

求賢令《きゅうけんれい》

（建安）十五（二一〇）年春、（曹操は）令を下して言った、「……もし必ず廉潔《れんけつ》な士であってはじめて起用すべきだとすれば、斉《せい》の桓公《かんこう》はどうして天下の覇者となれたであろうか（廉潔ではない管仲《かんちゅう》を用いたからである）。いま天下に粗末な衣服を着ながら玉を抱いて渭水《いすい》のほとりで釣りをしている（太公望呂尚《たいこうぼうりょしょう》のような）者がいるはずはないと言えようか。また嫂《あによめ》と密通し賄賂を受け取り（貪欲ではあるが、陳平《ちんぺい》のような才能を持ちながら、それを見出した魏《ぎ》無《む》知《ち》にめぐり合っていない者はないであろうか。二、三の者よ、わたしを佐《たす》けて低位にいる（才能のある）者を明らかに称揚《しょうよう》せよ。唯《ただ》才能のみを（基準として）挙げよ。わたしはその者を用いよう。

『三国志』巻一　武帝紀

曹操は、管仲のように貪欲であっても、陳平のように嫂と密通して賄賂を受けるような者であっても、「唯才《たださい》」だけを基準に察挙を行うことを天下に宣言した。これは「孝廉《こうれん》」であること、すなわち人間の徳性が、官僚としての才能を保証する、という儒教理念に基づいて行われてきた、孝廉科を常挙《じょうきょ》［毎年行う定期的な察挙］とする後漢の郷挙里選《きょうきょりせん》の否定である。

唯才主義は、恣意《しい》的で統一的な基準が存在しなかった名士の人物評価への挑発でもあった。名士の主観的な鑑識眼は、果たして有能な人材を見分けられるのか。漢の儒教が前提としていた、人の「性《せい》［生まれながらの性質］」と「才《さい》［発揮できる能力］」との一致、それは自明のことなのか。こうした曹操の問いかけに対して、名士は自分たちの人物評価を理論化する必要に迫られた。やがて議論されていく「才性四本論《さいせいしほんろん》」［才と性が一致するか否かを論ずる］は、これに答える一つの試みである。

こうして曹操は、漢を支えていた儒教の枠組みを超える「唯才」という人事基準を掲げた。そして、後漢の儒教が、国家の正統性の根本に置く、『春秋公羊伝』隠公《いんこう》元年の「春秋の義［規範とすべき行動基準］」である「聖漢《せいかん》」による「大一統《だいいっとう》」［天下の統一］を崩すものが、魏公《ぎこう》就任から本格化する漢簒奪《さんだつ》への動きである。これが、荀彧《じゅんいく》との関係を悪化させた。

荀彧は、曹操が「我《わ》が子房《しぼう》［劉邦を助け前漢を建国させた張良《ちょうりょう》］」と呼んだ腹心で、その戦略と人脈は、曹操の勢力拡大に第一の功績をあげていた。ところが、荀彧は自らの抱負であり、儒教の理想でもある「儒教国家」の再建が、曹操のもとでは不可能であることが明らかとなるにつれ、漢の擁護に転じていった。董昭《とうしょう》たちが曹操を魏公に勧進《かんじん》［推挙］することを相談したとき、荀彧は儒教的徳目を列挙して、換言すれば名士層が根底に置く儒教的価値基準を掲げて反対した。荀彧は、名士の存立基盤、かれらの価値基準を賭《か》けて曹操の行動を阻止しようとしたのである。

したがって、曹操が、漢の簒奪はもとより、自分の君主権の確立や人事基準の唯才主義による統一、政治理念における法術主義を実現するためには、荀彧が押立てる名士層の文化的価値の中心にある儒教を粉砕する必要があった。しかも、荀彧の殺害は危険を伴う。潁川《えいせん》郡を中心とする荀彧の交友関係に加え、従子《おい》の荀攸《じゅんゆう》が曹操の軍師となり、三兄の荀衍《じゅんえん》が監軍校尉《かんぐんこうい》・守鄴《しゅぎょう》・都督河《ととくか》北事《ほくじ》［鄴を中心とした河北の軍の監察者］であるという軍事的な問題、さらには長子荀惲《じゅんうん》が曹操の娘［のちの安陽公主《あんようこうしゅ》］を娶っているほか、陳氏・鍾《しょう》氏・司馬氏と結ばれた婚姻関係により、荀彧が支えられていたからである。

それでも、曹操と荀彧との対立は決定的であった。このため曹操は、建安《けんあん》十七（二一二）年、孫権討伐の途上、出征先の陣中で荀彧を自殺させるという周到ぶりを示した。荀彧は、曹操直属の臣下ではなく、献帝に仕える守尚書令《しょうしょれい》［守は兼任をしめす］であり、漢の臣下であった。そのため、出征先の軍中に荀彧を招き、軍の指揮者として曹操が生殺与奪の権を握っているときに、自殺に追い込んだのである。曹操の覚悟は、注目に値する。

軍事力という君主権力の切り札により荀彧を殺害した曹操は、名士層のとりあえずの服従を得た。ただし、九錫《きゅうせき》［王や皇帝になる前に受ける殊礼《しゅれい》］の勧進文の筆頭に名を連ねた荀攸《じゅんゆう》は、荀彧殺害の翌年に卒し、潁川グループの次代の指導者である陳羣《ちんぐん》［荀彧の娘婿］、あるいは司馬懿《しばい》など荀彧の推挙を受けた名士の動向は不安定であった。しかも、劉備・孫権という敵対者と対峙する曹操は、国力の低下を招く名士への武力弾圧を繰り返すことができなかった。

名士を成り立たせている存立基盤は、軍事力でなければ経済力でもない。かれらを支えているものは文化である。儒教の優越性を梃子《てこ》に文化的諸価値を専有する名士に対抗するためには、新たなる文化的価値を創出し、名士の文化を相対化するか、すべての価値を君主権力に収斂する必要がある。曹操は荀彧の殺害以前から、儒教を価値の中核に置く名士に対抗して、新たなる文化的価値の創出を試みていた。それが「文学」である。

曹操は、「短歌行」という楽府のメロディーを好んでいた。すでに掲げた「短歌行 其の一」のほか、「其の二」も伝わっている。その書かれた時期は明らかでないが、荀彧を殺害した後の作と考えられる。

短歌行　其の二　　　魏武帝

周西伯昌　　周の西伯《せいはく》昌《しょう》

懐此聖徳　　此《こ》の聖徳を懐《いだ》くも

三分天下　　天下を三分して

而有其二
修奉貢献
臣節不墜
崇侯讒之
是以拘繋
後見赦原
賜之斧鉞
得使征伐
為仲尼所称
達及徳行
猶奉事殷
論敘其美
斉桓之功
為覇之首
九合諸侯
一匡天下
一匡天下

而《しこう》して其の二を有《たも》つも
貢献《こうけん》を修め奉《たてまつ》り
臣節《しんせつ》を墜《うしな》はざるに
崇侯《すうこう》 之を讒《そし》り
是《ここ》を以《もっ》て拘繋《こうけい》せらる
後に赦原《しゃげん》せられ
之に斧鉞《ふえつ》を賜ひ
征伐せしめらるるを得たり
仲尼《ちゅうじ》の称《たた》へる所と為るは
徳行に達及《およ》び
猶《な》ほ殷《いん》に事ふるを奉《ほう》ぜばなり
論じて其の美を敘《の》ぶるなり
斉桓《せいかん》 之に功ありて
覇《は》の首《しゅ》と為る
諸侯を九合《きゅうごう》し
天下を一匡《いっきょう》す
天下を一匡するに

不以兵車
正而不譎
其徳伝称
孔子所嘆
并称夷吾
民受其恩
賜与廟胙
命無下拝
小白不敢爾
天威在顔咫尺
晉文亦覇
躬奉天王
受賜珪瓚
秬鬯彤弓
盧弓矢千
虎賁三百人
威服諸侯

兵車を以てせず
正しくして譎《いつわ》らず
其の徳 伝へ称《たた》へらる
孔子の嘆《たん》じる所
并《なら》びに夷吾《いご》を称するは
民は其の恩を受け
廟胙《びょうそ》を賜与するに
命じて下拝《かはい》すること無からしむるも
小白《しょうはく》 敢《あえ》て爾《しか》せず
天威《てんい》 顔に在ること咫尺《ししゃく》たればなり
晉文《しんぶん》も亦た覇《は》たり
躬《みずか》ら天王を奉ず
受賜《じゅし》せられしは珪瓚《けいさん》
秬鬯《きょちょう》・彤弓《とうきゅう》
盧弓《ろきゅう》・矢《し》千
虎賁《こほん》三百人
諸侯を威服し

師之者尊
八方聞之
名亜斉桓
河陽之会
詐称周王
是以其名紛葩

之を師とする者は尊ばる。
八方 之を聞き
名は斉桓《せいかん》に亜《つ》げども
河陽《かよう》の会にて
周王を詐称《さしょう》す
是を以て其の名は紛葩《ふんは》たり

『楽府詩集』巻三十 相和歌辞五

曹操の楽府は、儒教経典からの引用が多い。最初の四句は、『論語《ろんご》』泰伯《たいはく》篇の「天下を三分して、其の二を有《たも》ち、以て殷《いん》に服事《ふくじ》す。周の徳、其れ至徳《しとく》と謂ふべきのみ（〈周の文王は〉天下の三分の二を保持したが、その状態で殷に臣従した。周の徳は、至徳というべきである）」を踏まえている。曹操は、多くの儒教経典を踏まえることで、文学という新たな価値観が、儒教を起源としながらも、儒教を超えるべきことを示したのである。

曹操は、「短歌行 其の一」では、周公旦《しゅうこうたん》の故事を典拠に自らの志を詠っていた。これに対して、「短歌行 其の二」は、斉《せい》の桓公《かんこう》・晋《しん》の文公《ぶんこう》を取り上げる。ともに「春秋の五覇《ごは》」に数える両者のうち、曹操は、晋の文公が「周王を詐称」したことを「其の名」を台無しにした、と批判する。そして、「天下を三分」して「其の二を有《たも》」ちながらも、殷への「臣節を墜《うしな》」わなかった周の西《せい》伯《はく》を高く評価するのである。

これは、天下の実権を掌握しながらも、献帝《けんてい》へ「臣節」を尽くしている自らの投影である。しかも、西伯の子である武王《ぶおう》は、殷《いん》を滅ぼして周を創設する。そして、西伯は周の文王《ぶんおう》と呼ばれることになる。自分［曹操］は周の文王であり、天子［献帝］を奉ずるが、子［曹丕《そうひ》、武王に準《なぞら》える」には天子の地位を譲るように、という志《こころざし》を「短歌行 其の二」は歌っているのである。

このような楽府を宴席で歌われた献帝《けんてい》の胸中は、いかばかりであったろう。さぞかし辛かったと思われる。楽府は、大勢で唱和する。群臣はあまねく、これを唱和させられたのである。易姓《えきせい》革命《かくめい》の正統性を歌で言祝《ことほ》がされたと考えてよい。曹操の文学は、自分の正統性を奏《かな》でる手段として、そして、儒教を超える新たな価値として宣揚されたのである。

曹操のサロンから発展した建安文学《けんあんぶんがく》は、中国史上、最初の本格的な文学活動と評される。それまでにも、自分の内的な価値基準において、文学を最高の価値に据える者はいた。しかし、儒教一尊の後漢において、文学は政治や道徳に従属し、文学者は卑しい俳優と同列の扱いを受けた。唐《とう》以降の科挙《かきょ》のように、詩作などの文学的才能が評価されて、高い官職に就き得る状況は、曹操から始まる。

建安文学の制度化は、曹丕が五官中郎将《ごかんちゅうろうしょう》となって幕府を開き、五官将文学《ごかんしょうぶんがく》という文学を冠した官職を設置した建安十六（二一一）年に求められる。曹操が最初の唯才主義の求賢令を出し、儒教からの決別を宣言した翌年、荀彧を殺害する前年にあたる。ただし、建安二十四（二一九）年までには、「建安の七子」と総称された孔融・陳琳《ちんりん》・王粲《おうさん》・徐幹《じょかん》・阮瑀《げんう》・応瑒《おうちょう》・劉楨《りゅうてい》はすべて卒しており、建安文学は足掛け八年の活動期を持つに過ぎない。

曹操の巧みさは、一から新しい文化を創造するのではなく、名士の存立基盤である名声の価値の根底に置かれた儒教を踏まえながら、文学を宣揚したところにある。その結果、名士は文学を無視できなかった。また、文学の価値基準は、主観的である。価値を宣揚した曹操の基準により優劣を判断できる。しかも、道教や仏教のように、君主とは別に、教主や道観《どうかん》・寺院が権威を持つこともない。こののち、五斗米道《ごとべいどう》〔道教の起源の一つ〕は、曹操を「真人《しんじん》」〔儒教でいう聖人〕と位置づけ、国家に接近する。曹操はこれを保護したが、文学のように宣揚することはなかった。文学という価値の特性を熟知した利用法と言えよう。

曹操は、文学の宣揚を明らかにするために、人事の基準を文学に変えようとした。文学者の丁《てい》儀《ぎ》を丞相西曹掾《じょうしょうせいそうえん》〔人事を担当する官〕に就け、文学を基準とした人事を始めたのである。後漢の郷挙里選《きょうきょりせん》は、孝廉《こうれん》などの儒教的な価値基準により官僚を選出していた。このため、知識人はみな儒教を学んだ。この基準を文学に変えることより、その価値を儒教を超えるものにしようとしたのである。

文学を人事の基準にすることは、唐《とう》代の科挙《かきょ》の進士科《しんしか》に継承される。李白《りはく》や杜甫《とほ》が詩を詠んだのは、官僚登用試験である科挙の受験勉強という側面も持っていた。これまで『詩経』の儒教的解釈だけを学んできた名士は、詩の実作を新たな人事基準とする曹操の政策に面食《めんく》らい、司馬懿《しばい》までもが慌《あわ》てて作詩を学んだ。司馬懿の詩は、お世辞にも優れているとは言えず、その当惑ぶりを今日に伝える。

このように文学は、儒教とは異なる新たな価値として、国家的に宣揚された。名士は、儒教一尊の価値基準を相対化され、儒教は漢を「聖漢《せいかん》」と位置づける経義を離れ、漢魏《かんぎ》革命を容認していく。曹操の文学宣揚は、曹丕の曹魏建国を妨げる旧来の儒教をこうして排除していったのである。

3　英雄の死

曹操の魏王国では、王后の下に、夫人・昭儀《しょうぎ》・倢伃《しょうよ》・容華《ようか》・美人の五等の妾《めかけ》を置いていた。曹操も正妻のほかに多くの妾を持ち、名が残るだけで二十五人の男子に恵まれた。曹操の最初の正妻は、丁《てい》夫人である。丁夫人は子宝に恵まれず、劉《りゅう》夫人の生んだ曹昂《そうこう》を我が子として養育していた。しかし、張繡《ちょうしゅう》との戦いの際、曹昂が戦死すると、それを怒って実家に戻った。ついで正妻となった卞《べん》夫人は、曹丕《そうひ》［文帝］・曹彰《そうしょう》・曹植《そうち》・曹熊《そうゆう》を生み、曹丕と曹植の後継者争いの末、曹丕が魏王を嗣ぎ、漢を滅ぼして曹魏を建国する。このほか、劉氏が曹鑠《そうしゃく》を、環氏《かんし》が曹沖《そうちゅう》［聡明で有名、早卒］・曹拠《そうきょ》・曹宇《そうう》を、杜氏《とし》が曹林《そうりん》・曹袞《そうこん》を、秦氏《しんし》が曹玹《そうげん》・曹峻《そうしゅん》を、尹氏《いんし》が曹矩《そうく》を、陳氏《ちんし》が曹幹《そうかん》を、孫氏《そんし》が曹子上《そうしじょう》・曹彪《そうひょう》・曹子勤《そうしきん》を、李氏《りし》が曹子乗《そうしじょう》・曹子整《そうしせい》・曹子京《そうしけい》を、周氏《しゅうし》が曹均《そうきん》を、劉氏《りゅうし》が曹子棘《そうしきょく》を、宋氏《そうし》が曹徽《そうき》を、趙氏《ちょうし》が曹茂《そうぼ》を生んでいる。なお、杜氏はもと秦宜禄《しんぎろく》の妻で秦朗《しんろう》を、尹氏はもと何咸《かかん》［何進の子］の妻で何晏《かあん》を連れ子として、曹操の夫人となっている。再婚であっても迎えられて子を生めば、非難されなかった。また、正妻の卞氏が娼妓《しょうぎ》の出身であることをはじめ、曹操の妻妾には有力な後ろ楯を持つ女性は見当たらない。外戚《がいせき》の専横により力を失った後漢の悪弊を防ごうとしたと考えてよい。

それでも、曹操が後漢を滅ぼすことはなかった。儒教によって正統化された漢に代わる新たな国家を築こうとし、自らの妻妾にまで、後漢の外戚専横の悪政が継続しないよう気をつかいながらも、自分の手で擁立した献帝に最後まで臣従し続けたのである。

曹操が臨終の際に残した遺令《いれい》［命令という形式での遺言］は、二種類ある。『三国志』に掲載されるものは、後漢「儒教国家」で尊重され、人々の家産を食いつぶした「厚葬《こうそう》」を否定して、「薄葬《はくそう》」を命じたものである。改革者曹操に相応しい堂々とした遺言である。

遺令

天下はまだ安定していないので、古《いにしえ》の葬礼に倣《なら》うことはできない。埋葬が終わり次第、みな喪《も》に服すことをやめよ。将兵は駐屯地を離れてはならず、役人はそれぞれの職務を遂行せよ。入棺《にゅうかん》の時は平服を着せ、金や玉といった副葬品を埋葬する必要はない。

『三国志』巻一　武帝紀

陳寿の『三国志』は、魏を正統とする史書であるため、曹操に不都合な資料は掲載されない。このため、西晋の陸機《りくき》が見たとする遺言をもとに著した「弔魏武帝文《ちょうぎぶていぶん》（魏《ぎ》の武帝《ぶてい》〈曹操〉を弔《とむら》う文）」という作品に含まれる文が、曹操の本来の遺言として尊重されてきた。清の厳可均《げんかきん》は、陸機の作品のほかに、『太平御覧《たいへいぎょらん》』などの類書に残る曹操の遺令を輯《あつ》め、次のようにまとめている。

遺令

わたしは夜半《やはん》気分が優れず目が覚めた。明け方になって、粥《かゆ》を飲み汗が出て、当帰湯《とうきとう》を服用した。わたしは軍中では軍法に従って事を行ってきたが、それは正しかったであろう。しかし、些細なことで怒ったりして、大きな失敗をした。これを真似《まね》てはならない。天下はまだ安定していないので、古の葬礼《そうれい》に倣《なら》うことはできない。わたしは頭痛持ちで、昔から頭巾《ずきん》をかぶっていた。わたしが死んだ後、死に装束《しょうぞく》も生前と同じ服装にせよ。それを忘れてはならぬ。文武百官の殿中における追悼は、十五回泣き声をあげてくれればそれでよい。埋葬が終わり次第みな喪《も》に服すことをやめよ。将兵は、駐屯地を離れてはならず、役人はそれぞれの職務を遂行せよ。入棺の時は平服を着せ、鄴城《ぎょうじょう》の西の丘にある、西門豹《せいもんひょう》の祠堂《しどう》近くに埋葬せよ。金や玉といった副葬品を埋葬する必要はない。わが婢妾《ひしょう》と歌姫たちには苦労をかけるが、銅雀台《どうじゃくだい》に控《ひか》えさせ、よく待遇せよ。銅雀台には六尺の床を準備し、細くてあらい布の帳《とばり》をかけ、朝夕乾《ほ》し肉と乾燥させた飯の類を供《そな》えよ。月の一日と十五日は、朝から正午まで、その帳に向かって伎楽《ぎがく》を奏《かな》でよ。汝《なんじ》らは時々銅雀台に登り、わたしの眠る西陵《せいりょう》の墓地を眺めるように。余った香《こう》は夫人たちに分けてよい。祭祀は命じない。仕事のない妾《めかけ》たちは、組紐の履《くつ》の作り方を学び、それを売ればよい。わたしが官を歴任して受けた印綬《いんじゅ》は、みな蔵の中に保管せよ。わたしの余った衣服は、別の場所にしまってよい。もしできなければ、兄弟で分けるがよい。

厳可均『全三国文』巻三　魏武帝

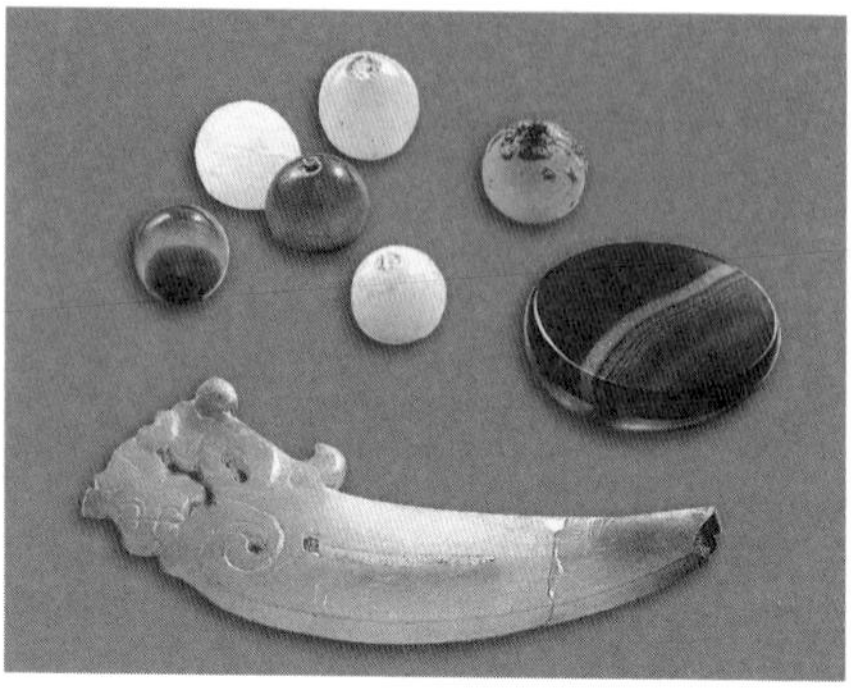

西高穴二号墓より出土した玉器

『三国志』の遺令をも含むこの文章のなかで、傍線で示した最も多くの部分を伝えているものが、陸機の「弔魏武帝文」である。ちなみに、波線で示した部分は、『三国志』に記された終令《しゅうれい》「死去の準備を始めさせる命令」の一部で、近年発掘された西高穴二号墓を「曹操高陵」とする論拠の一つとなっている。

三国を統一した西晋《せいしん》に仕えた陸機は、『三国志』を著した陳寿《ちんじゅ》を抜擢したことでも知られる張《ちょう》華《か》に、文学の才能を高く評価されて、西晋の貴族社会に迎えられた。陸機は、曹操の宣揚した文学という価値基準により、高く評価されたのである。ところが、曹魏の流れを汲む西晋の貴族たちは、亡国である孫呉出身の陸機に冷たかった。旧蜀臣の陳寿をも評価した張華が、例外なのである。劉備の師である盧植《ろしょく》の曾孫にあたる盧志《ろし》は、衆人の前で陸機に、「陸遜《りくそん》・陸抗《りくこう》は、君とはどういう間柄か」と尋ねた。もちろん、祖父と父にあたることを知っていながら、あえて諱《いみな》「死後は、呼ぶことを忌《い》む生前の名」を冒《おか》し、中原から見れば、孫呉の丞相《じょうしょう》など取るに足らないものだと嫌味を込めて嘲《あざけ》ったのである。陸機は、「君と盧毓《ろいく》・盧珽《ろてい》の関係と同じだよ」と、盧志の祖父と父の諱を冒して対抗する。

西高穴二号墓の墓道

二号墓の現状（2014.09.10）

こうしたなか、かつて孫呉の滅亡原因は愚かな君主にあり、臣下にはないことを「弁亡論《べんぼうろん》」にまとめていた陸機は、『呉《ご》書《しょ》』を著して、孫呉の君主と臣下の事績を西晋に、そして後世に伝えなければならないと志《こころざ》す。弟の陸雲《りくうん》もこれに協力して、兄のため資料の収集に努めた。史書の執筆を職務とする著作《ちょさく》郎《ろう》となったとき、陸機は曹操の遺令を見る機会があり、「弔魏武帝文」を著した。

そこでは、「乱世の奸雄《かんゆう》」曹操が愛した女性に遺した心配りを見た、陸機の驚きが記されている。

弔魏武帝文（魏《ぎ》の武帝《ぶてい》を弔《とむら》う文）　陸士衡《りくしこう》

元康《げんこう》八（二九八）年、わたしは尚書郎《しょうしょろう》から、著作郎《ちょさくろう》になり、宮中の秘閣《ひかく》に出入りするようになって、魏の武帝の遺令を目にした。遺令を見たわたしは、愕然《がくぜん》として溜め息を漏《も》らし、しばらくの間、心を痛め思った。

魏の武帝が継嗣曹丕に遺言し、四人の息子たちに教えを残す様子からは、国を治める計略は遠大で、家を盛んにする教えもまた弘大であったことが分かる。また武帝は、「わたしは軍中では軍法に従って事を行ってきたが、それは正しかったであろう。しかし、些細なことで怒ったりし、大きな失敗をした。これを真似てはならない」と言っている。立派である。これこそ達人の正しい言葉である。（しかし）女児を抱き末っ子の曹彪を指さし、四人の息子に向かって、「おまえたちに面倒をかけるが」と言って、泣いた。痛ましいことである。過去には天下を治めることを責務としながら、今は死に臨んで人に可愛い我が子の世話を頼むのである。命が尽きれば何もかもなくなってしまい、死ねば魂さえなくなってしまう。しかし閨房《けいぼう》の女性たちに女々しく心惹《ひ》かれ、家の者たちがすべき事にまで気を配るのは、あまりにも細かすぎないだろうか。また武帝は、「わが婢妾《ひしょう》と歌姫は、みな銅爵台《どうじゃくだい》に控えさせよ。銅爵台の上に八尺の床と細くあらい布の帳《とばり》を用意し、朝夕乾《ほ》し肉と乾燥させた飯の類を供《そな》えよ。月の一日と十五日は、いつも帳に向かって歌舞を行うように。汝《なんじ》らは時々銅爵台に登り、わたしの眠る西陵《せいりょう》の墓地を眺めよ」と言い、さらに「余った香は夫人たちに分けてよい。仕事のない妾たちは、組紐《くみひも》の履《くつ》の作り方を学びそれを売ればよい。わたしが官を歴任して受けた印綬は、みな蔵の中に保管せよ。わたしの余った衣服は、別の場所にしまってよい。もしできなければ、兄弟で分けるがよい」と言った。結局兄弟はこれを分けてしまった。死ぬ者はあとに残る者に要求すべきではないし、あとに残された者は死んでいった者の言葉に背くべきではないのだ。

『文選』巻六十　陸士衡　弔魏武帝文

陸機は、天下の英雄たる曹操が、死に臨んで閨房の女性たちに女々しく心惹《ひ》かれ、夫人に名香を分けることを言い遺し、妾たちが履をつくることにまで気を配っていることを、あまりにも細か過ぎるという。そして、その理由を次のように語り、曹操への無念を語る。

わが身の外にあるものに心を惑わせ、閨房《けいぼう》の女性たちに対する思いを細かく言い残すことは、賢人としてあるべき姿ではないであろう。わたしは大いに憤《いきどお》りを感じ、胸の思いが溢《あふ》れんばかりになって、かくて弔《とむら》いの文を書くことにしたのである。（曹操が）家族の将来に心を奪われたことが（わたしには）惜しまれ、遺言が細かくつまらぬものであったことが（わたしには）恨まれる。広大な志を履《くつ》の飾りに歪《ゆが》められ、清らかな精神を余った香に汚されてしまった。

『文選』巻六十　陸士衡　弔魏武帝文

陸機はこのように述べて、曹操の遺言を賢人としてあるべき姿ではないと批判し、「香を分け履を売ること」について、閨房の女性たちに思いを細かく言い残し、女々しく、賢人らしからぬ行為である、と憤りを感じながら、悲嘆しているのである。

このように、陳寿の『三国志』に残された曹操の遺令が、帝王の遺言として堂々たるものであることに対して、陸機は、曹操が残される女性たちの将来を案じてこまごまと心配することを「女々しい」と悲憤する。もちろん、陸機のように捉えず、愛した女性たちを心配する曹操の「愛」をそこに見いだしてもよい。陸機は、意図的に曹操を貶《おとし》めているためである。

波線部の記述は、歴史的に誤っている。曹操臨終の場に、曹丕を含めた四人の嫡子（曹丕・曹彰《そうひょう》・曹植《そうち》・曹熊《そうゆう》）が立ち会っていないことは、『三国志』に明記されている。たしかに、嫡子四人との限定はない。しかし、衣服は「兄弟」で分けてよいとあり、実際に分けているが、当然ここでの兄弟は、「四人の息子」となる。であれば、たまたま居た妾の子四人が、嫡子四人を差し置いて衣服を分けられるはずはない。したがって、陸機は、曹操が曹丕・曹彰・曹植・曹熊の四人に遺令を述べた、と仮構《かこう》しているのである。さらに、もちろん、曹彪は末子ではない。

弟の陸雲は、陳寿の『三国志』を読み、その「呉書」の記述の不十分さを兄に報告している。弟の報告を受けているのだから、陸機は、『三国志』を読んでいなかったと考えてよい。その結果、残された矛盾から、「弔魏武帝文」に含まれた曹操の遺令に、創作を加えていることが分かる。自らを蔑《さげす》む曹魏以来の貴族への対抗意識から、曹操の女々しさを表現するために虚構を設けたのである。

曹操は、中国史上、はじめて文学を国家的に宣揚し、志を楽府に詠んで自らを正統化した。しかし、その薄葬の遺言は、陸機による創作が付加され、婦人に女々しく心を残す凡人のそれへと歪《ゆが》められた。ここには、文学が自らの志を歌うものから、表現のために仮構するものへと展開していく過程を見ることができる。

現在、曹操高陵として発掘調査が進められている西高穴二号墓は、玉衣《ぎょくい》の痕跡も残らない「薄葬」の陵墓である。

第四章　文章は経国の大業

復元された銅雀台（涿州撮影所）

劉備と張飛の故郷である涿州の郊外には，映画を撮影するための大規模なセットが建てられている。三国志に関する映画，ドラマもここで撮られたものが多い。

1　文章か経国か

曹操は二十五人の子どもに恵まれたが、中でも嫡妻の卞《べん》夫人から生まれた長子の曹丕《そうひ》と三男の曹植《そうち》は、ともに秀でた才能を持っていた。とりわけ曹植は、父にも勝る抜群の文学的センスの持ち主で、曹操が名士に対抗するための文化的価値として文学を尊重すればするほど、後継者争いで曹植が有利となった。これに対して、名士の価値基準である儒教では、後継者は嫡長子でなければならない。曹植を兄の娘婿とする崔琰《さいえん》は、『春秋公羊伝《しゅんじゅうくようでん》』隠公《いんこう》元年に説かれる、嫡長子相続を正しいとする「春秋の義」〔『春秋』に示された正しい行動規範〕に基づき、曹丕の立太子を主張する上奏文を曹操に提出している。荀彧・荀攸《じゅんゆう》亡き後、名士の中心となった陳羣《ちんぐん》もまた、曹丕の後継を積極的に支援する。

曹操は悩んだ。果断な曹操が、後継者の指名という権力者にとって最も重要な決断を遅らせた理由は、曹植の才能により、儒教に代わる新たな文化である文学の地位を確立して名士に対抗する、という選択肢に目が眩《くら》んだためであろう。しかし、赤壁《せきへき》での敗退、その結果としての蜀漢《しょくかん》・孫呉《そんご》の存在は、名士の協力を断ち切ってまで、君主権力の確立を目指すことを曹操に許さなかった。

結局、曹操は曹丕を後継者に指名する。この曹操の迷いは高くついた。曹丕は、自分を支持した名士層に、恩義を負うことになる。曹丕が後漢を滅ぼし曹魏を建国する際に、陳羣の献策により制定された名士に有利な九品中正制度《きゅうひんちゅうせいせいど》という官僚登用制度は、その現れと考えてよい。

こうした経緯で即位した曹丕は、『典論《てんろん》』論文篇《ろんぶんへん》に、「文章は経国《けいこく》の大業」であると述べている。

論文（文を論ず）

そもそも文章は経国の大業［国を治めるうえで重大な仕事］であり、不朽《ふきゅう》の盛事《せいじ》［永遠に朽ちることのない営み］である。寿命は尽き、栄華もその身限りであるが、文章は永遠の生命を持つ。周の文王《ぶんおう》は易《えき》の原理を推《お》し広め、周公旦《しゅうこうたん》は礼《れい》を制定した。むかしの人は時間の過ぎ去ることを心配した。しかし、（今の）人々は努力をせず、目先のことに追われ、千年のちにまで伝わる仕事を忘れてしまう。いま孔融《こうゆう》たちはすでに亡く、徐幹《じょかん》だけが（『中論《ちゅうろん》』を著して）一家の言を立てている。

『文選』巻五十二　論二　魏文帝　典論論文

この文章は、中国近代文学の祖である魯迅《ろじん》により、文学の儒教からの独立宣言である、と位置づけられ、近代的な文学観から見れば「文学の自覚時代」はここから始まる、と高く評価された。『典論』論文篇は、この文章以外に、「建安の七子」や張衡《ちょうこう》・蔡邕《さいよう》などの辞賦《じふ》・書簡文の長所と短所を述べる部分を持つ。中国における文学評論の始まりと言われる理由はそこにある。

しかし、そうした過大評価は慎むべきで、『典論』論文篇は、文学の独立宣言とは言えない。その文章不朽論も近代的な意味での「文学」ではなく、「一家の言」の不朽を言うものに過ぎない。曹丕は、すべての「文章」を「経国の大業」で「不朽の盛事」と言っているわけではないのである。しかも、その典拠は、儒教経典の『春秋左氏伝《しゅんじゅうさしでん》』に置かれている。

最上は①立徳［徳を立てること］である。その次は②立功［功を立てること］である。その次は③立言［言を立てること］である。（言は）久しく廃《すた》れることはない。これを不朽という。ただ名を受け継ぎ先祖を祀《まつ》るだけでは、ありふれたことで不朽とはいえない。

『春秋左氏伝』襄公《じょうこう》伝二十四年

『典論』論文篇の根底には、『春秋左氏伝』の「立言不朽《りつげんふきゅう》」説が置かれている。これを儒教からの文学の独立宣言、と言うことは難しい。あくまでも儒教理念に基づく①立徳が最上位におかれ、国のために功績をあげる②立功の下に、③立言の不朽は位置づけられている。弟の曹植《そうち》は、後述するように「楊徳祖《ようとくそ》［楊脩］に与えるの書」のなかで、兄の『典論』論文篇を受けながら、さらに明確に①立徳→②立功→③立言という『春秋左氏伝』の優先順位を踏まえて、「一家の言」を立てることを目標に掲げている。「辞賦《じふ》」は「小道《しょうどう》［取るに足りない道］」であると述べて、文学が儒教の徳行や政治の功績に優先することを否定しているのである。

さらに、曹丕の『典論』論文篇は、こうした儒教の立言不朽説を根底に置いたうえで、周の文王と周公旦という君主の「文章」、しかも儒教経典である易と礼を「不朽」としている。すなわち、曹丕の文章不朽論は、君主の「一家の言」の不朽に限定されたものであり、賦《ふ》・詩《し》などの近代的な意味での「文学」の不朽を主張したものではない。となれば、曹丕が、徐幹《じょかん》もまた「一家の言」を立てたとすることは、徐幹の『中論』を文王の易・周公旦の礼と同格に位置づけたことになる。なぜ、徐幹の『中論』は、それほどまでに高い評価を受けたのであろうか。

徐幹は、「建安の七子」に数えられるが、その詩は劉楨《りゅうてい》との贈答詩など数篇を残すだけである。それは徐幹が、辞賦を棄て『法言《ほうげん》』を著した前漢末の揚雄《ようゆう》〔楊雄とも表記する〕の影響のもと、『中論』を執筆したためである。揚雄の『法言』は、前漢に代わって王莽《おうもう》が、新しい治世をもたらすことを称えるために書かれた。これにならって、徐幹の『中論』は、曹操の政策の正統性を論証するために書かれている。

『中論』において、徐幹は、人の持つ「才」を「孝」や「清」よりも優先する。具体的には、唯才主義《ゆいさいしゅぎ》を掲げた曹操の「令」にも名が挙げる管仲《かんちゅう》を論ずるなかで、唯才主義を孔子の言葉により正統化し、その理論化を進めている。また、徐幹は、信賞必罰《しんしょうひつばつ》を主張し、曹操の猛政《もうせい》を正統化する。さらに、徐幹は、私的に形成される名声を批判する。曹操は袁氏を滅ぼした後、「歩出夏《ほしゅつか》門行《もんこう》」にも歌ったように、冀州《きしゅう》における私的な人物評価の風習を撲滅することを宣言していた。

このように、徐幹の『中論』は、曹操の政策を正統化・理論化するものであった。曹丕は、その主張が父曹操の政策を正統化するものであるが故に、徐幹の『中論』を周の文王の易や周公旦の礼と並び得る、不朽の価値を持つ「一家の言」と位置づけたのである。

それでは、曹丕はなぜ『典論』を著したのであろうか。これまで『典論』は、『文選《もんぜん》』に収録されている論文篇のみから、その意義を論じられることが多かった。しかし、散逸する前の本来『典論』は、二十篇より成る「経典・文事を兼論」する著作であった。

『三国志』文帝紀注に引用される「自叙《じじょ》〔序文〕」では、曹丕が幼いころから文武両道に秀でていたことが語られる。武では、左右騎射を荀彧《じゅんいく》に褒められたこと、撃剣《げきけん》を得意としたことが述べられ、文では、曹操が詩書・文籍を好み、陣中でも書物を離さず学問を続けたことを見習って、自らは五経《ごきょう》・四部《しぶ》・史漢《しかん》〔『史記』『漢書』〕・諸子〔諸子百家〕を総覧し、書・論・詩・賦六十篇を著した、と記される。文武を総合した代表的な文化人という自負《じふ》に基づき、『典論』はそれぞれの篇で曹丕の見識が示されていく。

逸文の中に篇名が残る姦讒《かんざん》・内誡《ないかい》・酒誨《しゅかい》の三篇には、共通する話題が含まれる。兄弟の仲違いが滅亡をもたらす、との主張である。具体的には、袁紹の妻が嫡庶の別を守らず、劉表の臣下である蔡瑁《さいぼう》・張允《ちょういん》が嫡長子の劉琦《りゅうき》を貶めて劉琮《りゅうそう》を推したことにより、それぞれ滅亡したことを批判する。これら兄弟の仲違いによる滅亡事例は、いずれも弟と姦讒《かんざん》〔悪逆〕な臣下が原因となっている。

曹丕は、この記述を通じて、自らが弟の曹植と仲違いしたのは、楊脩《ようしゅう》や丁儀《ていぎ》・丁廙《ていよく》という姦讒な臣下のためである。姦譏な臣下に煽《あお》られた弟の曹植ではなく、嫡長子の自らが後継者となったことは正しい、と嫡長子相続の正統性を主張しているのである。さらに、内誡篇では、袁術と袁紹が妻妾の政治関与により滅亡したことも語られる。そして、『中論』と曹操の政策に共通性があったように、『典論』の主張は、曹丕の政策と関連性を持つ。曹丕は、黄初《こうしょ》三（二二二）年九月甲午令《こうごれい》により、妻妾の政治関与を禁止しているのである。

曹丕は、『典論』の大部分を立太子された建安二十二（二一七）年の冬に執筆し、二十四（二一九）年ごろまで訂補を加えている。王太子の時に著した『典論』を典範とし、皇帝に即位した後、それに基づき政策を実行していく。曹丕の『典論』は、嫡長子相続の正統性を主張するとともに、政策の典範・淵源を「一家の言」として集大成する目的も持っていたのである。

曹丕の『典論』は、「一家の言」として自らの政治姿勢を著したものであった。曹操が建安文学を宣揚するなかで、自ら作詩した楽府《がふ》により表現した政治的な志を「論」として表現したと言えよう。さらに、『典論』は、文化的諸価値の収斂も目的としていた。その一つとして、曹丕は、父が宣揚し、自らも愛好した文学という新しい文化に対する価値基準を『典論』論文篇に示したのである。

ただし、『典論』は、従来の研究が注目していた文学のみを論ずべき文化のすべてとは考えていない。たとえば、方術《ほうじゅつ》の士［仙人になる方法を説く］への批判には、曹丕を「真人《しんじん》」と称える五斗米道《ごとべいどう》をはじめとする、儒教以外の諸宗教への君主としての立場が示される。あるいは、『典論』には「史論」も含まれている。勃興しつつあった「史学」への見識も披露されているのである。

文化的諸価値を収斂することを目的に行われた曹丕の文化事業は、『典論』の執筆に止まらない。曹丕は、黄初元《こうしょ》（二二〇）年に即位すると、後漢末につくられた熹平石経《きへいせきけい》［儒教経典の文字を確定するため石に刻んだもの］を補修し、太学《たいがく》［国立大学］における博士《はくし》の員数を揃え、弟子《ていし》の試験を実施している。漢魏《かんぎ》革命を正統化した儒教の価値を君主権力に一元化したのである。また、人物評価を皇帝のもとに収斂するためには、『士品《しひん》』を著している。さらに、曹丕は、類書《るいしょ》［一種の百科事典］の始まりとなる『皇覧《こうらん》』の編纂も命じている。類書は、編纂された時代の文化的知識の水準を示すとともに、世界観の全体像をも表現する。曹丕は、中国最初の類書である『皇覧』の編纂を通じて、世界観の一元化を目指したのである。

このように、『典論』は、第一に嫡長子である自らの即位を正統化し、第二に政策の典範・淵源をまとめ、第三に、文化的諸価値を収斂することを目的に著された「一家の言」であった。このため曹丕は、臣従してきた孫権にも、『典論』を贈った。そして、曹丕の子明帝《めいてい》は、『典論』を石に刻んで太学に立てる。太学にはすでに曹丕により補修された熹平石経が立ち、次帝曹芳《そうほう》の正始《せいし》年間（二四〇〜二四九年）には、三体石経《さんたいせきけい》［三つの書体で儒教経典を石に刻んだ碑］が立てられることになる。曹丕の『典論』は、これら儒教経典に準えて立てられたのである。

「経国の大業、不朽の盛事」と称賛された「文章」とは、父曹操と曹丕の政治を正統化・理論化した「一家の言」である『中論』と『典論』のことであった。それを「不朽」に残すため、明帝は『典論』を石に刻んだ。「経国の大業」という言葉は、魯迅の言う近代的な意味での文学の独立を宣言するための文辞ではなかったのである。

このように、君主権力にすべての文化を収斂し、文化の専有によって、文化を存立基盤とする名士に対抗しようとする曹丕の営みは、梁《りょう》の武帝《ぶてい》・唐の太宗《たいそう》などの対貴族政策の先駆となるものである。

2　表現者の内的必然性

『典論』は文学の独立宣言ではない。ただし、曹丕は文学が好きであった。しかし、その才能はどうしても曹植には及ばない。それでも、どのように詩を書くべきか、という理論は知っている。曹丕は、『典論』の中で、文を八種に分け、二種ずつ一組にして、その創作法を簡潔に述べている。

論文（文を論ず）

そもそも文は根本は同じであっても表現技法は異なる。（天子に上奏する）奏《そう》と（朝廷での集議の際に著す）議《ぎ》は雅であることが望ましく、（書簡文である）書《しょ》と（政策などを論ずる）論《ろん》は理であることが望ましく、銘《めい》〔銘文〕と誄《るい》〔追悼文〕は実であることを尊重し、詩《し》と賦《ふ》は麗であることが必要である。この（文の）四種類は同じではない。

『文選』巻五十二 論二 魏文帝 典論論文

前半の「奏」・「議」・「書」・「論」の四種は、いずれも無韻《むいん》の文〔韻を伴わない散文〕であり、実用的な要素が高い。これに対して、後半の「銘」・「誄」・「詩」・「賦」の四種は、有韻《ゆういん》の文であり、感覚的・情緒的な文である。そして、創作法として、「奏・議」は「雅」であること、「書・論」は「理」であること、「銘・誄」は「実」であること、「詩・賦」は「麗」であることを求める。「雅」は、『詩経』の「雅」と同様、典雅であり、正しいことを示す。「理」は、論理的な正しさ、「実」は、事実に基づく正しさである。すなわち、「詩・賦」を除く「文」は、すべて正しいことを優先している。ここに、虚構を設ける余地はない。唯一、「詩・賦」だけは、「麗」でありたいとされ、正しさから解放されている。表現としての美しさが優先される、と言うのである。それでは、曹丕の実作は、美しく描かれているのであろうか。

折楊柳行《せつようりゅうこう》　文帝

西山一何高　西山《せいざん》一《いっ》に何《なん》ぞ高き
高高殊無極 kyoku　高く高く殊《ひたすら》に極まり無し

上有両仙僮
不飲亦不食　shoku
与我一丸薬
光耀有五色　shoku
服薬四五日
身体生羽翼　yoku
軽挙乗浮雲
倏忽行万億　oku
流覧観四海
芒芒非所識　shoku／
彭祖称七百
悠悠安可原　gen
老聃適西戎
于今竟不還　kan
王喬仮虚詞
赤松垂空言　gen
達人識真偽

上に両《ふた》りの仙僮《せんどう》有り
飲まず亦《ま》た食《くら》はず
我に一丸薬を与ふ
光《ひか》り耀《かがや》きて五色有り
服薬すること四五日にして
身体に羽翼《うよく》を生ず
軽挙《けいきょ》して浮雲《ふうん》に乗り
倏忽《たちまち》にして万億を行く
流覧《りゅうらん》して四海《しかい》を観《み》れば
芒芒《ぼうぼう》として識る所に非ず
彭祖《ほうそ》は七百と称せらるるも
悠悠として安《いづく》んぞ原《たず》ね可けんや
老聃《ろうたん》は西戎《せいじゅう》に適《ゆ》き
今に于《おい》て竟《つひ》に還らず
王喬《おうきょう》は虚詞《きょし》を仮《かた》り
赤松《せきしょう》は空言《くうげん》を垂《た》る
達人は真偽を識《し》り

愚夫好妄伝 den
追念往古事
憒憒千万端 tan
百家多迂怪
聖道我所観 kan

愚夫《ぐふ》は妄伝《もうでん》を好《この》む
往古の事を追念すれば
憒憒《おろか》にして千万端なり
百家は迂怪《うかい》多し
聖道《せいどう》は我の観る所なり

『宋書《そうじょ》』巻二十一 楽志三

偶数句末にローマ字で表記した、日本語の音読みでも分かるように、この楽府は／で示した換韻部分により、前半と後半に分かれる。前半は、神仙のイメージを示す。「西山」へと登っていく道程は、「高き」「高く高く」と「高」の字を三連続で用いる。巧みとは言えまい。また、仙境を表す「上に両りの仙僮有り」「飲まず亦た食はず」「我に一丸薬を与ふ」という表現も説明的で、韻文というよりも散文に近い。換韻した後は、一転して神仙の否定を論証する。長寿で有名な「彭祖」や「老聃［老子］」の行方が知れないこと、代表的な仙人の「王喬［王子喬、周の霊王《れいおう》の子。鶴に乗って昇天したといわれる神仙］」や「赤松」子［炎帝神農《えんていじんのう》の雨師《うし》とされる最古の神仙］の言葉など信じられないと歌い、怪しげな神仙思想を明確に否定している。

しかし、「遊仙詩」は本来、延命長寿を言祝ぐ、祝頌歌《しゅくしょうか》［祝《いわ》い言祝《ことほ》ぐ歌］的性格を持つ。ことに、楽府《がふ》のように宴席で唱和する詩はなおさら、長寿を言祝ぐべきである。それを理詰めで、神仙を否定していくことが、「麗」と言えるであろうか。
たとえば、曹丕と同様に、現実では帝王として統治に害のある神仙を否定している曹操も、「気出倡《きしゅつしょう》」の中では、次のように神仙を歌う。

気出倡　　武帝詞

駕六龍　　六龍《りくりゅう》に駕《が》し
乗風而行 kou　　風に乗りて行く
行四海外　　四海《しかい》の外に行き
路下之八邦 hou　　路に下りて八邦に之《ゆ》く
歴登高山臨渓谷　　歴《あまね》く高山に登りて渓谷に臨み
乗雲而行 kou　　雲に乗りて行き
行四海外　　四海の外に行く
東到泰山 san　　東のかた泰山《たいざん》に到り
仙人玉女　　仙人玉女《ぎょくじょ》
下来翺遊 yuu　　下り来《きた》りて翺遊《こうゆう》す
驂駕六龍飲玉漿　　六龍に驂駕《さんが》して玉漿《ぎょくしょう》を飲む
河水尽不東流 ryu　　河水　尽きて　東に流れず

解愁腹飲玉漿
奉持行 kou
東到蓬莱山
上至天之門 mon
玉闕下
引見得入 nyu
赤松相対
四面顧望 bou
視正焜煌
……

愁《うれ》ひの腹を解かんとして玉漿を飲む
行くを奉持《ほうじ》して
東のかた蓬莱山《ほうらいさん》に到り
上りて天の門に至る
玉闕《ぎょくけつ》の下
引見せられて入るを得たり
赤松《せきしょう》 相《あい》 対す
四面 顧望《こぼう》すれば
正に焜煌《かがや》けるを視る

『宋書』巻二十一 楽志三

偶数句末にローマ字で表記したように、曹操の詩は、韻《いん》が揃《そろ》っておらず、「麗」とは言い難い。韻律を重視する劉宋《りゅうそう》の鍾嶸《しょうこう》『詩品《しひん》』では、曹操の詩を「古直《こちょく》にして、甚《はなは》だ悲涼《ひりょう》の句有り」と評価しながらも、「下品《かひん》」という最低ランクに位置づける。一方、『詩品』において、曹丕は「中品《ちゅうひん》」とされている。たしかに、詩の型としては、曹丕の方が整っていることは間違いない。しかし、清《しん》の陳祚明《ちんそめい》『采菽堂古詩選《さいしゅくどうこしせん》』は、曹丕の「折楊柳行《せつようりゅうこう》」を次のように評している。

曹丕が神仙を言っているのは、言葉だけ、表現だけであり、内的必然性がない。神仙を疑い、ただ疑うだけになってしまっている。曹操の詩に沈吟《しんぎん》の心があることには及ばない。およそ、詩の中で神仙を歌うには二種類の方法がある。一つは、求道者《ぐどう》が実在を信じて神仙を心に想い浮かべたり、失意の人間が願望の実現を神仙に夢見ている場合であり、いずれも詩は表現者の主体と内的必然性で結びついている。もう一つは、ことばのみで内的必然性が欠けている場合である。詩は本来衷心《ちゅうしん》から表現することを尊重する。

陳祚明は、曹丕の詩には、詩を表現しようとする内的必然性がなく、沈吟の心を持つ曹操の詩の方が優れている、と言うのである。このほかの作品も、曹丕は先行する作品の表現を利用して、いかにその作中人物の情を詠《よ》むかということに重きを置いていた、とされている。したがって、曹丕の作品からは、表現者の主体と内的必然性をうかがうことが難しい。曹丕の詩が、今では高く評価されにくい理由である。

3　虚構と抒情性

曹操は、道教に取り入れられていく神仙術を説いた方士には冷淡で、その欺瞞《ぎまん》性を批判している。曹丕の『典論』は、これを次のように伝えている。

潁川《えいせん》郡出身の郤倹《げきけん》は辟穀《へきこく》［穀物を食べないで、何日も生きること］を得意として、伏苓《ぶくりょう》［松の根に寄生する菌類の一種］を食べた。甘陵《かんりょう》郡出身の甘始《かんし》も行気《こうき》を得意として、年老いてからも若々しかった。廬江《ろこう》郡出身の左慈《さじ》は、補導《ほどう》の術（房中術）を会得していた。……はじめて郤倹が至ると、（みなが）伏苓を買ったため、価格があっと言う間に数倍になった。議郎《ぎろう》であった安平《あんぺい》郡出身の李覃《りたん》は、その辟穀（の術）を学んで、伏苓を食べ、寒水を飲んだところ、下痢になり、ほとんど命を落としかけた。……古今の愚かな謬《あや》まりは、かれ一人と言えようか。

『三国志』巻二十九　華佗《かだ》伝注引『典論』

曹丕は、引用した郤倹の事例のほかにも、甘始・左慈の術を学んで命を落としかけた模倣者の事例を挙げ、方士の術が信用できないことを論証する。

また、曹植も、「弁道論《べんどうろん》」を著し、『典論』と同じ三人の事例を掲げながら、さらに踏み込んだ方士への批判を展開する。

弁道論　　曹植

世にいる方士を吾が王［曹操］はことごとく招致されたが、（それらの中には）甘陵《かんりょう》の甘始《かんし》、廬江《ろこう》の左慈《さじ》、陽城《ようじょう》の郤倹《げきけん》がいた。甘始は行気《こうき》・導引《どういん》することができ、左慈は房中《ぼうちゅう》の術に明るく、郤倹は辟穀《へきこく》を得意として、みな三百歳と号していた。かれらを魏王国に集めた理由は、こうしたやからが、禍々《まがまが》しい僻事《ひがごと》により人々を騙《だま》し、妖しい方術《ほうじゅつ》を行って人を惑わすことを恐れたためである。このために、集めてこれを禁じたのである。……家王［曹操］と太子［曹丕］をはじめ余の兄弟に及ぶまで、みなかれらを笑い物にして、信ずることはなかった。
……

『三国志』巻二十九　華佗伝注引東阿《とうあ》王「弁道論」

曹植は、曹操が甘始・左慈・郤倹らの方士を招いたのは、かれらが人々を惑わすことを防ぐためであったという。国家の秩序を維持するために、方士は有害と明言しているのである。そのうえで、省略した部分において、曹植は、郤倹の辟穀を実見した体験と、甘始から聞いた怪異談を記録している。辟穀を実見したにも拘らず、曹植は、曹操・曹丕やかれの兄弟まで、みなが方士を笑い物として、信じなかったと全面否定するのである。後世、道教と対立する仏教が、梵唄《ぼんばい》［声明《しょうみょう》、仏典に節をつけた仏教音楽。儀礼に用いる］と曹植との結びつきを述べ立てる理由である。

兄の曹丕が、遊仙詩で仙人を否定したように、曹植の詩にも遊仙への絶望を述べるものがある。

贈白馬王彪一首（白馬王の彪《ひょう》に贈る一首）　曹植

苦辛何慮思　苦辛《くしん》して何をか慮《おもんぱか》り思ふ
天命信可疑　天命は信《まこと》に疑ふ可し
虚無求列仙　虚無《きょむ》なり列仙に求むるも
松子久吾欺　松子《しょうし》は久しく吾を欺《あざむ》く
変故在斯須　変故《へんこ》は斯須《ししゅ》に在り
百年誰能持　百年　誰《たれ》か能く持《たも》たん
離別永無会　離別《りべつ》せば永《なが》らく会ふ無からん
執手将何時　手を執《と》るは将《は》た何《いず》れの時ぞ
王其愛玉体　王　其れ玉体を愛せよ
倶享黄髪期　倶《とも》に黄髪《こうはつ》の期を享《う》けん
収涙即長路　涙を収めて長路に即《つ》き
援筆従此辞　筆を援《と》りて此れより辞す

『文選《もんぜん》』巻二十四　詩　贈答　贈白馬王彪一首　曹子建《そうしけん》

曹植は、ここにおいて、「天命」に対する不信とともに、「列仙」に希望を求めることの「虚無」、仙人の赤《せき》「松子《しょうし》」が自分を欺くことを歌っている。『文選』に付けられた李善《りぜん》の注が、曹操の「善哉行《ぜんさいこう》」の「痛しきかな世人《せじん》、神仙に欺《あざむ》かる（痛哉世人、見欺神仙）」を典拠として引用するように、仙人に欺かれることの直接的な典拠は曹操の詩である。ただし、「古詩十九首《こしじゅうきゅうしゅ》」の十三にも、「服食《ふくしょく》して神仙を求め、多く薬の誤《あやま》る所と為る（服食求神仙、多為薬所誤）」とあるように、神仙への道を求めても欺かれるというモチーフは、この時代において絶望の表現として多く用いられている。

こうした絶望の表現として神仙の否定を歌う一方で、曹植は、遊仙詩では仙界を謳歌し、無窮の生命にあやかりたいという希望をほとんどの作品において述べている。

遠遊篇　曹植

遠遊臨四海
俯仰観洪波
大魚若曲陵
承浪相経過
霊鼇戴方丈
神嶽儼嵯峨
仙人翔其隅
玉女戯其阿

遠遊《えんゆう》して四海に臨み
俯仰《ふぎょう》して洪波《こうは》を観る
大魚は曲陵《きょくりょう》の若く
浪《なみ》を承《う》けて相　経過す
霊鼇《れいべつ》　方丈《ほうじょう》を戴き
神嶽《しんがく》　儼《げん》として嵯峨《さが》たり
仙人　其の隅《すみ》を翔《か》け
玉女　其の阿《くま》に戯《たわむ》る

瓊蘂可療飢
仰漱吸朝霞
崑崙本吾宅
中州非吾家
将帰謁東父
一挙超流沙
鼓翼舞時風
長嘯激清歌
金石固易弊
日月同光華
斉年与天地
万乗安足多

瓊蘂《けいずい》　飢《うえ》を療《いや》す可く
仰ぎて漱《そそ》ぎ朝霞を吸ふ
崑崙《こんろん》は本　吾が宅にして
中州《ちゅうしゅう》は吾が家に非ず
将《まさ》に帰りて東父《とうほ》に謁《えっ》し
一たび挙がりて流沙《りゅうさ》を超ゆ
翼を鼓《こ》して時なる風に舞ひ
長く嘯《うそぶ》きて清歌を激《げき》す
金石　固《もと》より弊《やぶ》れ易《やす》し
日月《じつげつ》と光華《こうか》を同じくし
年を天地と斉《ひと》しくせん
万乗　安《いず》んぞ多とするに足らんや

『楽府詩集』巻六十四　雑曲歌辞四

「遠遊篇《えんゆうへん》」という題目からも分かるように、これは『楚辞《そじ》』遠遊篇を踏まえている。『楚辞』の王逸《おういつ》の注によれば、『楚辞』遠遊篇は、世に容れられない屈原《くつげん》が仙人と共に天地を周遊しながらも、楚国を思う忠信と仁義を著したものであるという（『楚辞章句』巻五　遠遊章句）。しかし、「遠遊篇」は、前漢の司馬相如《しばしょうじょ》が著した「大人賦《たいじんのふ》」との類似が指摘されており、後人が「大人賦」を模倣して「遠遊篇」を著した、と主張する者もある。曹植の「遠遊篇」は、この二篇の影響下にあるが、「大人賦」と共通する字句が多く、その関係は深い。

『楚辞』は、もとより遊仙を否定しない。また、方士を崇拝し、不老不死を追い求めた武帝に仕えた司馬相如も、「大人賦」のみならず、史実においても方士の存在を否定しない。すなわち、『楚辞』遠遊篇と「大人賦」は、叙事《じょじ》として神仙の実在を理想的に描いているのであり、そこには誇張表現は存在しても、表現のため自覚的に虚構が用いられることはない。

これに対して、曹植は、「弁道論」で方士を笑いものにしていたように、神仙を否定している。そのうえで、表現者として、「遠遊篇」のなかで神仙を肯定する。すなわち、曹植は、表現のため自覚的に虚構を設けているのである。その際に、虚構が、『楚辞』と漢代の賦の影響下に行われていることに留意したい。曹植が述べる「辞賦《じふ》は小道」という言葉の「辞賦」に当たるためである。「遠遊篇」などの遊仙詩だけに止まらない。曹植は、表現のための虚構を自覚することにより、文学の抒情《じょじょう》化を目指していく。

近代における文学は、現実とは別次元の世界を虚構として設けることに重きを置く。しかし、古代において、それは自明のことではなかった。ことに、儒教の経典となった『詩経』では、詩は采詩《さいし》官が集めた現実の反映と位置づけられていた。『礼記《らいき》』王制篇によれば、天子は、采詩官である「大師《たいし》」が集めた詩により「民《みん》の風《ふう》」を知るという。これを踏まえて、『毛詩』大序は、詩と国家の関係を次のように述べている。

詩というものは（人の）志《こころざし》が発露したものである。（まだ）心の中にあれば（それを）志《し》と称し、言葉になって発現した場合（それを）詩という。……国々の史官は（人君の）成敗得失の事跡に通暁しているので、人々が道徳の頽廃《たいはい》に胸を痛め、刑罰や法令の苛酷さを悲しみ、その心情を歌いあげた詩で、自分の君主を風刺するものを選んだ。

『毛詩注疏』巻一 国風 周南

『毛詩』の鄭箋《ていせん》［後漢末の鄭玄《じょうげん》が付けた注］によれば、人々が君主を風刺した詩は、国々の史官が好ましいものを選びあげて、それを楽官に回して演奏した、という。すなわち、人間の心に発する詩を史官が取り上げることで、人君を風刺することが詩の本来の役割であった。儒教において、詩は世情を知るためのものであり、詩には現実の反映こそを見るべきであって、抒情のための表現を重視することはない。

もちろん、『詩経』に収められるすべての詩に虚構が見られないわけではない。『毛詩』大序は、次のように、国風《こくふう》・小雅《しょうが》・大雅《たいが》・頌《しょう》の違いを説明する。

一国の政治の善悪は、（詩をつくる）一人の心情に結びついている、（このため）これを風《ふう》と呼ぶのである。（詩人は）天下の政治の善悪を言い、四方の風俗を表現する、（このため）これを雅《が》という。雅というものは正という意味である。王の政治が興り廃《すた》れる理由を言うのである。政治には大小がある、このため小雅があり、大雅がある。頌《しょう》というものは（天子の政治）の形容を褒め、その功業を歌って、神明に報告するものである。（風・小雅・小雅・頌）これらを四始《しし》という。詩（が持つ道徳的理念）の極致である。

『毛詩注疏』巻一　国風　周南

鄭箋によれば、国風と変雅《へんが》［王道が衰えた時代の雅］は、「一人」の詩人が自分の心意を詠《うた》った詩である、という。そうであれば、自分一人の心情を言い表した抒情であるはずである。しかし、鄭箋によれば、「一人」の心情は、一国の政治に基づいており、一国の諸侯が人々を風化した結果としての表現される。したがって、これを「風」と呼ぶ、という。あくまでも詩は政治への「風」であり、詩人の抒情は二の次と位置づけられている。それでも、「雅」の中で「風」に近い変雅を含めて、「風」は、『詩経』の中で、詩人の抒情的要素を含む部分と言えよう。

これに対して、「雅」とは「正」、そして「政」である、と解釈され、天下を正すべき政治の規範が述べられている、とされる。小雅《しょうが》は、天子が賓客を酒食で饗応《きょうおう》するなどの小さな政治を、大《たい》雅《が》は、天命を受けて周《しゅう》王朝が開かれ、殷《いん》王朝に代わって逆賊を討伐することなどの重大な政治が詠《うた》われる。なかでも、大雅には大規模な長篇が多く、それらは民族の始めに語られる英雄叙事詩と考えてよい。そこに虚構はない。「頌《しょう》」は、天子の功業を詩に詠い、神明に報告するものである。ここにも個人の抒情は表現されない。

すなわち、『詩経』の中において、頌・大雅は、叙事的な要素が強い国家の正統性を言祝《ことほ》ぐ詩であることに対して、国風には抒情的な要素を持つ作品も含まれるのである。

曹植は、父曹操の死を弔う「武帝誄《ぶているい》」において、「すべての政治を総括し、儒教の経典をあまねく見る。みずから雅・頌を著し、これを瑟《しつ》や琴と唱和させた」（『藝文類聚《げいもんるいじゅう》』巻十三）と述べ、曹操の詩を『詩経』の「雅・頌」に準えている。曹植にとって父曹操の楽府は、叙事を中心に置き、経典として尊重すべき曹魏の「雅・頌」なのであった。

これに対して、曹植自身の詩は、『詩経』の中でも国風を典拠とすることが多い。鍾嶸《しょうこう》の『詩《し》品《ひん》』巻一は、「魏の陳思王《ちんしおう》である曹植の詩、その源は国風より出る。……陳思王の文章における地位は、人の道に周公旦《しゅうこうたん》と孔子《こうし》があることにたとえられる」と述べ、曹植の詩を高く評価するとともに、その詩が『詩経』国風の影響下にあることを指摘する。しかも、空海《くうかい》の『文鏡秘府論《ぶんきょうひふろん》』南巻に引く王昌齢《おうしょうれい》の『詩格《しかく》』が、「興《きょう》」〔恋愛や風刺を引き出す導入部として自然物などを詠う〕の代表例として、「雑詩」第一首「高台《こうだい》 悲風多く、朝日 北林を照らす（高台多悲風、朝日照北林）」（『文選』巻二十九 詩 雑詩上 曹子建 雑詩六首）を引用するように、曹植の詩は、「興」の技法を多用する。「興」は抒情表現へと繋がっていく表現技法である。さらに曹植の詩が、抒情に優れる『楚辞』に基づくことは、遠遊篇で検討したとおりである。

曹植は、抒情の表現を豊穣《ほうじょう》にするため、自覚的に虚構を用いていく。そこには、近代的な意味での文学の自覚を求めることができる。ただし、それは儒教による詩の規定を逸脱することであった。曹操の嫡子として、曹魏の諸侯王として生きる曹植は、表現のために虚構することの重要性を高らかに宣言することはできなかった。「詩は志《こころざし》を言ふ（詩言志）」という『尚書《しょうしょ》』舜典《しゅんてん》の詩の位置づけをも揺るがしていく、表現のための虚構を持つ「辞賦《じふ》」は、叙事を中心とする雅・頌や思想的「一家の言」に比べて貶められるべきものであった。曹植は、それを「辞賦は小道」と述べていく。

第五章　高樹　悲風多し

黄河と孟津大橋

反董卓の義兵が集まった孟津は，古くは国の武王が殷の紂王を討ったとき，八百諸侯が会盟した軍事的要地である。

1　辞賦は小道

曹植《そうち》は、『典論《てんろん》』と『春秋左氏伝《しゅんじゅうさしでん》』の「立言不朽論」を踏まえたうえで、「辞賦《じふ》は小道《しょうどう》」に過ぎないと述べる。そこには、どのような思いが込められているのであろうか。

与楊徳祖書（楊徳祖《ようとくそ》に与える書）　曹子建《そうしけん》

いま（お手紙を差し上げるにあたり）僕が幼いころから著した④辞賦《じふ》を一まとめ、ともにお送りします。街角《まちかど》の（くだらない）話にも、取るべきものがあり、撃轅《げきえん》の（つまらない）歌にも、風《ふう》・雅《が》に応ずるものがあります。（ですから、わたしのような）匹夫《ひっぷ》の思いも、軽《かろ》んじ棄てられるべきではありません。④辞賦は小道です。もとより大義《たいぎ》を宣揚《せんよう》して、来世に明らかに示すには足りないものです。むかし楊子雲《ようしうん》は、漢の侍郎《じろう》に過ぎませんでした。（それでも）なお「壮夫《そうふ》は（辞賦など）作らない」と言いました。わたしは①徳は薄いといっても、諸侯《しょこう》の地位におります。やはり願はくは、力を上国とあわせ、恵みを下民《かみん》に敷《し》き、永遠に残る業績を建てて、金石《きんせき》に刻まれる②功績を残したいと考えます。どうして翰墨《かんぼく》を勲績《くんせき》となし、④辞賦（を作ることで）君子と思ったりしましょうか。もしわたしの志《こころざし》が未だ果たせず、わたしの道が行われなければ、百官の実録《じつろく》を採《と》り、時代の風俗の得失を論じ、仁義の心を定め、③一家の言を著そうと思います。これを（『史記』のように）名山に蔵《ぞう》しておくことはできないとしても、同好の士には伝えようと思います。これは老年に至るまでに行おうと考えていることで、今すぐのことではありません。このようなことを申しても恥じることがないのは、あなたがわたしをよく理解してくださることを当てにしているからです。

『文選』巻四十二　書　曹子建　与楊徳祖書

曹植は、建安二十二（二一七）年ごろに書いた「楊徳祖に与える書」の中で、①立徳→②立功→③立言（「一家の言」）という『春秋左氏伝』の優先順位を踏襲しながら、「一家の言」を成すべきことを目標として掲げ、④「辞賦は小道」と貶《おとし》めている。「楊徳祖に与える書」は、兄曹植の『典論』と『春秋左氏伝』のほかに、楊子雲［揚雄《ようゆう》］と司馬遷の文を典拠に踏まえる。司馬遷の「任安《じんあん》に報ずる書」は、『典論』の典拠でもあるため、曹植の文学論としての独自性は、揚雄を踏まえる点にある。

揚雄は成都《せいと》の出身で、司馬相如《しばしょうじょ》に倣《なら》って作賦に努め、成帝《せいてい》に召されて、「甘泉賦《かんせんのふ》」「河東賦《かとうのふ》」などの優れた作品を上奏し、黄門郎《こうもんろう》に任命された。しかし、賦家の評価は低く、揚雄は、哀帝《あいてい》・平《へい》帝《てい》期になっても黄門郎のままであった。そこで、哀帝期の末には、儒教経典の『周易』に模《も》して『太玄《たいげん》』を著し、最晩年には主著の『法言《ほうげん》』を『論語』に倣って著している。

曹植の「楊徳祖に与える書」の「壮夫《そうふ》は（辞賦など）作らない」という字句は、『法言』を典拠としている。

吾子

あるひとが尋ねた、「あなたは若いころ賦を好んでおられた」と。（わたしは）答えた、「そうです。子どもは虫が葉を刻み、小刀で字を刻む（ように、文をつくるときに字句を飾る）ものです」。ほどなくして続けた、「壮夫《そうふ》は（辞賦など）作ったりはしません」と。……あるひとが尋ねた、「景差《けいさ》・唐勒《とうろく》・宋玉《そうぎょく》・枚乗《ばいじょう》の賦は、益があるでしょうか」と。（わたしは）答えた、「まちがいなく淫《いん》するものでしょう」と。「（賦が）淫するとはどのようなことでしょう」と。「詩人《しじん》の賦は、華麗であり則《のり》があります。辞人《じじん》の賦は、華麗ですが淫するものです。もし孔子の門で賦を用いれば、賈誼《かぎ》は堂にのぼり、司馬相如《しばしょうじょ》は室に入るでしょうが、用いられないことにはどうしようもありません」と。

『法言』巻二　吾子

曹植が典拠とする『法言』において、揚雄は賦を「詩人の賦」と「辞人の賦」の二種類に分けている。揚雄は、「詩人の賦」と「辞人の賦」をともに「華麗」であるとする。これは、曹丕の『典論』が「詩・賦」を「麗」であるべきとすることに同じである。そのうえで、「則《のり》」足《た》り得る「詩人の賦」に対して、「辞人の賦」は「淫」であり、無益であると位置づける。曹植が「辞賦は小道」と述べたときの「辞賦」は、直接的には揚雄の「辞人の賦」を踏まえている。したがって、曹植は揚雄による「辞人の賦」の否定を継承して、「辞賦は小道」と表現したと考えてよい。曹植の辞賦は、遊仙《ゆうせん》詩に『楚辞』と司馬相如の賦を踏まえていたように、内容的には騒賦《そうふ》・漢賦《かんふ》を指すとともに、直接的には「淫」とされる「辞人の賦」であり、「麗」たるべき抒情《じょじょう》的な詩をも含む概念なのである。

「辞賦」を棄てた揚雄が著した「一家の言」は、『太玄』と『法言』であった。いずれも、思想家としての著述である。これに対して、曹植が「楊徳祖に与ふる書」の中で、年老いるまでには著したいと述べていた「一家の言」は、書かれたのであろうか。

曹植薨去《こうきょ》の前年、太和《たいわ》五（二三一）年に書かれた「親親《しんしん》を通ぜんことを求むる表」は、『春秋左氏伝』を典拠にしながら、同姓諸侯を藩屏《はんぺい》として皇帝権力を分権化するとともに、同姓諸侯に尊王を要求して国家権力としての中央集権は維持すべきとする「封建《ほうけん》」政策を主張している。甥にあたる曹魏の明帝《めいてい》は、これを政策に反映させることはなかったが、曹植の提言は西晉へと受け継がれる。西晉の段灼《だんしゃく》は、曹植の「親親を通ぜんことを求むる表」を典拠としながら、同姓諸侯の封建を強く求め、異姓の五等諸侯《ごとうしょこう》を排除するよう主張しているのである。

曹植の「親親を通ぜんことを求むる表」は、『春秋左氏伝』を論拠に国家の政策を論ずるもので、「一家の言」と認められる。これらが生前に、著作として集大成されることはなかった。だが、曹植は、「楊徳祖に与ふる書」で述べたとおり、「小道」の辞賦ではなく、「一家の言」を著したと言えよう。3で検討するように、曹植の「一家の言」は『三国志』巻十九 陳思王《ちんしおう》伝に掲載され、不朽となって、後世の「封建」論に影響を与えた。これに対して、曹植が「小道」と軽んじた詩は、陳思王伝には、一篇も収録されない。名士層の価値基準の根底にある儒教の相対化のために始められた曹操の文学宣揚は、曹丕が名士の支持を集め、魏晋《ぎしん》革命を儒教で正統化するとともに、終焉を迎えていた。したがって、陳寿は、曹植のみならず、曹操や曹丕の詩を『三国志』に収録することはない。

曹丕の即位とともに「辞賦」の「小道」が定まった後にも、曹植は、揚雄のように辞賦を棄てることはなかった。自覚的に虚構を用いながら、抒情を表現していく。建安末の作とされる「野《や》田黄雀行《でんこうじゃくこう》」を検討しよう。

野田黄雀行
高樹多悲風
海水揚其波
利剣不在掌
結友何須多
不見籬間雀
見鷂自投羅

曹植
高樹《こうじゅ》 悲風《ひふう》多く
海水 其の波を揚《あ》ぐ
利剣 掌《て》に在《あ》らずんば
結友《けつゆう》 何ぞ多きを須《もち》ひん
見ずや 籬間《りかん》の雀《すずめ》
鷂《たか》を見て自づから羅《あみ》に投ず

羅家得雀喜
少年見雀悲
抜剣捎羅網
黄雀得飛飛
飛飛摩蒼天
来下謝少年

羅《あみ》する家《ひと》は雀を得て喜び
少年は雀を見て悲しむ
剣を抜きて羅網《らもう》を捎《はら》へば
黄雀《こうじゃく》 飛び飛ぶを得たり
飛び飛びて蒼天《そうてん》を摩《ま》し
来たり下りて少年に謝す

『曹子建集《そうしけんしゅう》』巻一

高い木に吹きつける暴風と、大海に沸《わ》き立つ波。鋭い剣で網《あみ》を切り払い、捕まった雀《すずめ》を逃がしてやる少年。網を逃れて大空高く舞い上がり、礫《つぶて》のように飛び下りて少年に礼をいう雀。しかし、少年は本当は雀を逃がしてやることはできない。利剣は掌《て》にないからである。なぜなら、少年とは夏侯尚《かこうしょう》、雀とは曹植の即位を画策して捕らえられた丁儀《ていぎ》、自らの即位後、網をかけて丁儀を殺した家人《かじん》とは曹丕《そうひ》だからである、という解釈は近代文学では行わない。文学の虚構性を重視するためである。

これに対して、伝統的な中国の解釈を継承する黄節《こうせつ》は、『三国志』巻十九 陳思王《ちんしおう》伝注引『魏《ぎ》略《りゃく》』に見える、曹丕が丁儀を自殺させようとした際、丁儀が夏侯尚に命乞いをし、夏侯尚が涙を流しながらも救えなかった記事を論拠に、雀を丁儀に、少年を夏侯尚に擬《ぎ》している。網をかけて丁儀を殺した家人《かじん》は、もちろん曹丕である。

ここでは、詩は、現実の反映として、曹植と兄曹丕との対立の中で解釈される。すなわち、曹植の仮構《かこう》は承認されない。曹植という作者の生きる現実がそのまま詩に反映していると理解するのである。

詩には現実の反映こそを見るべきであって、抒情のための表現をそれに優越させることはない。そうした儒教的文学観が主流であった後漢末に、「辞賦」をあえて「小道」と貶めることにより、「小道」であるからこそ仮構が許されるとして、抒情を表現するための仮構を求め続けた曹植の自覚は、特異ですらある。現代に至っても、曹植の詩が極めて高く評価される理由である。

それでは、曹植より書簡を受けた楊徳祖《ようとくそ》（楊脩）は、これをどう受け止めたのであろうか。

答臨淄侯牋（臨淄侯《りんしこう》に答えるの牋《せん》）　楊徳祖

今（あなた）の④賦と頌《しょう》は、古詩《こし》の流を汲むものです。孔子（の編纂）を経てはいませんが、（『詩経』の）風《ふう》・雅《が》と変わりがありません。わたしの家の子雲《しうん》［揚雄］は、年老いて物事が分からなくなり、無理に③一書を著し、④若いときの作を後悔しました。（子雲の）言うようであれば、④仲山甫《ちゅうざんほ》や周公旦《しゅうこうたん》の作品は、みな過ちとなるでしょう。君侯は（周公旦ら）聖賢の明らかに残した（作品の）ことを忘れ、わが先祖（子雲）の誤った言葉を述べております。いささかそれは、お考えが足りないように思われます。さて経国《けいこく》の大美《たいび》を忘れず、千載《せんざい》まで名声を流し、②功績を景公《けいこう》の鐘《かね》に刻み、名を史書に留めることについては、かねてから自ら雅量《がりょう》としてもとよりお持ちのことです。どうして文章と矛盾することでしょうか。④下さった作品をお受けしたのは、わたしが読むためにとっておこうと思ったためです。恵施《けいし》が荘子《そうし》に知友とされたようなことを決して望むものではありません。

『文選』巻四十　牋　楊徳祖　答臨淄侯牋

楊脩《ようしゅう》の答えは、曹植の書簡とは「文章」の示す範囲を異にしている。曹植は、曹丕が『典論』で①立徳・②立功と並び得る「経国の大業」と位置づけた「文章」〔③立言〕を③「一家の言」と把握し、「文章」〔③立言〕には含まれない④「辞賦」を「小道」と位置づけていた。④「辞賦」を含まない曹植の「文章」に対して、楊脩の「文章」は、すぐ後の④「下さった作品」を指す。「下さった作品」とは、書簡の中で曹植が楊脩に贈ったとする④「辞賦」のことである。楊脩の「文章」は、あえて「辞賦」を含めている。したがって、「わたしの家の子雲」〔揚雄〕が、③「一書」〔一家の言〕を著し、④「若いときの作」〔辞賦〕を否定したことは、今の④「賦・頌」が『詩経』の風・雅と同じであり、④仲山甫や周公旦の作品が『詩経』の中に含まれることを理由に、否定されることになる。「経国の大美」〔「経国の大業」を踏まえているのであれば、本来①・②・③が含まれる〕と「文章」〔④辞賦〕とは、矛盾しないと説くのである。

「文章」という言葉の多義性を利用しながら、辞賦を文章の一部、さらには文章そのものとし、一家の言と同様、不朽の価値を持つとすることで、楊脩は曹植を宣揚している。それを可能としたものは、曹丕が『典論』の中で、『春秋左氏伝』を典拠とする③「一家の言」に限定される「文章」のほか、ジャンル論の展開の際に④「詩・賦」をも含める「文章」という概念を用いていることにある。曹植が依拠する兄曹丕の「文章」の定義が曖昧なのである。このように「文章」を広く捉え、その創作を肯定していく楊脩の位置づけは、陸機《りくき》の「文賦《ぶんのふ》」に繋がる、詩・賦の表現・抒情性、そして仮構を尊重していく流れにある。

その一方で、③「一家の言」こそ、「経国の大業」であり「不朽の文章」である、という意識も、強固に残存し続けた。「建安の七子」の応瑒《おうちょう》の弟である応璩《おうきょ》は、曹爽《そうそう》が司馬懿《しばい》を抑制しながら政権を掌握していた正始《せいし》年間（二四〇～二四九年）に、「百一詩《ひゃくいちし》」を著している。『文選』に引用する「百一詩」の後半、「経国」に関わる部分を掲げよう。

百一詩　　応璩

文章不経国　　文章は経国せず
筐篋無尺書　　筐篋《きょうきょう》に尺書無し
用等称才学　　等《なに》を用《もつ》てか才学を称せられ
往往見歎誉　　往往にして歎誉《たんよ》せらるるや
避席跪自陳　　席を避け跪《ひざまづ》きて自ら陳《の》ぶらく

賤子実空虚　賤《いや》しき子は実に空虚なり
宋人遇周客　宋人《そうひと》の周客《しゅうきゃく》に遇ふごとく
慙愧靡所如　慙愧《ざんき》して如《ゆ》く所靡《な》し

『文選』巻二十一　詩　百一

応璩は、曹丕の「文章は経国の大業」という宣言を受けながらも、自分の「文章」は、「経国」とは関わらないと謙遜する。「文章」が常に「立言」的なものである必要性を表面的には否定するものであり、詩を「文章」に含める点でも楊脩の流れに近い。しかし、「百一詩」の中には、政治批評と政治論が含まれる。そこには、「一家の言」として「経国」の思いを綴ったものが見られるのである。

百郡立中正　百郡に中正《ちゅうせい》を立て
九州置都士　九州に都士《とし》を置くも
州閭与郡県　州閭《りょ》と郡県と
希疎如馬歯　希疎《きそ》なること馬の歯の如し
生不相識面　生きては面《おもて》を相　識らざるに
何縁別義理　何に縁《よ》りてか義理を別たん

『太平御覧』巻二百六十五 職官部 中正 応璩『新論』

これは司馬懿が提案していた州大中正《しゅうだいちゅうせい》制度への批判である。「九州」に置かれる「都士」が州大中正を指す。司馬懿は、中正官の権限を縮小して皇帝権力の伸長をはかる曹爽に対抗するため、これまでの郡中正《ぐんちゅうせい》の上に州大中正を置き、名士の既得権を保証して、その支持を糾合しようとしていた。応璩は、曹室の権力を再建しようとする曹爽の側に立って、州大中正の制を批判しているのである。現実を反映する立言的な「文章」と言えよう。

立言的な「文章」と仮構する詩賦との併存は、そもそもは『詩経』の雅《が》・頌《しょう》と国風《こくふう》の違いに起源を持つ。曹植は、その違いを踏まえ、自覚的に仮構することで、抒情を表現していく。かかる曹植の営みは、陸機の「文賦」へと継承され、やがて文学の自立が宣言されるのである。

2 洛神賦

曹植が著した詩賦の中で、抒情性が高く評価され、六朝時代に盛行する駢賦《べんぷ》の先駆となるものが「洛神賦《らくしんのふ》」である。表現のために、仮構しようとする曹植の自覚にも拘《かかわ》らず、賦を受容する側は、「洛神賦」をあくまで現実の反映として理解しようとする。このため、『文選』に収録する曹植の「洛神賦」には、賦を解釈するための序文が注記されている。

洛神賦注

曹植は、曹丕の皇后となった甄逸《しんいつ》の娘に愛情を抱いていた。皇帝となった曹丕は、都にやって来た曹植に、讒言《ざんげん》で誅殺した甄皇后の枕を渡す。枕を抱き、洛水《らくすい》のほとりに車を停めて甄皇后を偲《しの》んでいると、ふと曹植はその姿を見た気がした。こうして著された「感甄賦《かんしんのふ》」は、甄皇后の子である明帝《めいてい》により「洛神賦」と改められた。

『文選』巻十九　賦　情　曹子建　洛神賦注

『文選』李善注の典拠は、『感甄記《かんしんき》』という書物である。『隋書《ずいしょ》』経籍志《けいせきし》という六朝《りくちょう》時代に通行していた本を網羅した目録集にも記録されない得体の知れない本である。それにも拘らず、この説は広く流布していたようで、晩唐《ばんとう》の李商隠《りしょういん》は、その作品の中で、「宓妃《ふくひ》枕を留めて　魏王は才有り」と詠んでいる。果たして、この序文のように読めるものであろうか。長文の賦であるが、全文を訳で掲げていこう。

黄初《こうしょ》三年、わたしは京師《けいし》（にのぼり）朝廷に参内し、その帰途洛水《らくすい》を渡った。古人が言うには、この川の神は、名づけて宓妃《ふくひ》という。かの宋玉《そうぎょく》が楚（の襄《じょう》）王《おう》に神女の事を説いたことに感じて、この賦を作った。それは以下の通りである。

李善注は、黄初三年を四年の誤りとする。曹植は、黄初三（二二二）年、甄城《しんじょう》王となり、四年に雍丘《ようきゅう》王に移されて、その年に京師に朝した。京師は洛陽《らくよう》、そこを通り、黄河に入る川が洛水《らくすい》（洛川）である。宓妃は、三皇のひとり宓羲《ふくぎ》［伏羲］の娘で、洛水に溺死し、神となったという。宋玉が楚の襄王のために書いた「神女賦」は、『文選』では「洛神賦」の二首前に収録されている。

わたしは京師より、東の藩国《はんこく》［自らの領地］に帰ろうとしていた。伊闕《いけつ》をあとにし、轘轅《かんえん》山を越え、通谷《つうこく》を経て、景山《けいざん》に登った。日はすでに西に傾き、車は傷み馬は疲れた。そこで車を香草繁《しげ》る沢に止め、馬に芝草《しばくさ》の畑で草をやり、柳の林で休息して、洛水を眺めていた。やがて心は別世界に誘われ、思いは遥か彼方に飛翔《ひしょう》していく。見下ろせば何も見えなかったが、顔を上げて目を凝《こ》らせば、一人の麗人《れいじん》が岩の傍《かたわ》らに佇《たたず》んでいる。わたしは御者を呼び寄せて尋ねた。「おまえは彼女を見たことがあるか。あれは何者であろう。こんなにも美しいお方は」。御者が答えて言った。「聞くところによると、洛水の神で、宓妃という方がいらっしゃると。であれば王がご覧になったのは、その方ではありませんか。そのご様子はいかがでしたでしょう。わたしにお聞かせください」。わたしはかれに、こう告げた。

その姿かたちは、不意に飛び立つ大鳥のように軽やかで、天翔《あまかけ》る竜のようにしなやかに、秋の菊よりも鮮やかに輝き、春の松よりも豊かに華やぐ。薄雲が掛かった月のようにおぼろで、風に舞い上げられた雪のように変幻自在である。遠くから眺めると、その白く耀《かがや》くさまは太陽が朝靄《もや》の間から昇って来たよう、近づいて見ると、赤く映《は》える蓮《はす》の花が緑の波間から現われるよう。身体は太からず細からず、背は高からず低からず、肩は巧みに削りとられ、白絹を束《たば》ねたようにくびれた腰つき、長くほっそり伸びたうなじ、その真白な肌は目映《まばゆ》いばかり。香《か》ぐわしい膏《あぶら》もつけず、白粉《おしろい》も塗《ぬ》らない。豊かな髷《まげ》はうず高く、長い眉は細く弧を描く。朱い唇は外に輝き、白い歯は内に鮮やか。澄んだ瞳は艶かしく揺らめき、笑《え》くぼは頬《ほお》に愛らしく浮かぶ。類稀《たぐい》なる艶《つや》やかさ、立居振舞いのもの静か、しなやかなことこの上もない。和《なご》やかな風情《ふぜい》、しっとりした物腰、言葉づかいも艶かしい。この世のものとは思えぬ衣服をまとい、その姿は絵から抜け出してきたよう。きらきら光る薄絹をまとい、美しく刻まれた宝玉の耳飾りをつけ、頭には黄金や翡翠《ひすい》の髪飾り、身体には連ねた真珠がまばゆく輝く。足には遠遊の履《くつ》をはき、透き通る絹の裳裾《もすそ》を引き、幽玄《ゆうげん》な香りを放つ蘭《らん》のあたりに見え隠れし、ゆるやかに山のほとりを歩んでいく。

やがて突然、身も軽やかに遊び戯《たわむ》れ、左に色鮮やかな旗に寄り添い、右に桂《かつら》の竿《さお》の旗に身を隠す。神々《こうごう》しい汀《みぎわ》で白い腕を露《あら》わにし、滾《たぎ》る早瀬《はやせ》の玄《くろ》い霊芝《れいし》を摘《つ》む。わたしの心は　その滑らかな美しさに惹《ひ》かれつつ、胸は不安に高鳴って落ち着かない。想いを伝えるよき仲人がいないので、せめて小波《さざなみ》に託して　この気持ちを届けよう。わたしの真心が伝わるように、玉の佩《おびひも》を解いて心の証《あかし》としよう。ああ、佳人の何という素晴らしさ、礼儀を嗜《たしな》み詩の道にも通じている。美しい玉をかざして、わたしに答え、深い淵を指さして、誓いを立てた。わたしは切なる慕情を抱くが、女神がわたしを欺《あざむ》くことに不安を持つ。鄭交甫《ていこうほ》が女神から約束を反故《ほご》にされた話を思い出し、心は沈み、疑いは晴れずにためらう。そこで和《やわ》らいだ表情を引き締め、心を落ち着かせ、礼法に従って自分を抑えた。

周の鄭交甫は、楚に行こうとして、漢水《かんすい》のほとりで二人の美女に会い、その佩玉《はいぎょく》を請い、これを懐《ふところ》にした。ところが、十歩ばかり歩いて、ふと懐を探ると、入れたはずの佩玉はなく、振り返ってみると、二人の女も、また消えてしまったという。しかし、洛水の女神は、消えることはなかった。

洛水の女神は、わたしの態度に感じ入り、立ち去る様子もなく、あちらこちらとあたりを彷徨《さまよ》う。その神々しい光は、（姿が見え隠れするにつれ）暗くなったり明るくなったりする。軽やかな身体を伸ばして、鶴のように爪先立ち、まるで今にも飛び立とうとして止まっているかのよう。山椒《さんしょう》の繁る道を歩けば、馥郁《ふくいく》たる香りが生じ、香草の群れる草原を行けば、芳香があたりに漂《ただよ》う。憂《うる》わしげに長く歌いつつ、永久《とわ》の想いへと誘《いざな》い、哀調に満ちた声はいつまでも続く。そのうちに神々はつどい集まり、互いに仲間を呼びあって、清らかな流れに戯れ、聖なる渚《なぎさ》に飛び翔《はし》り、真珠を採り、翡翠《ひすい》の羽を拾う。はるか湘水《しょうすい》より、二人の妃が馳せ参じ、漢水に遊ぶ女神と手を取りあう。匏瓜《ほうこう》星が一人であることを嘆き、牽牛《けんぎゅう》星のように孤独と歌う。艶《あで》やかな軽い打掛けを翻《ひるがえ》し、長い袖をかざして、かなたを眺めて佇《たたず》む。飛びたつ鴨《かも》より早い身のこなしで、ひらりと走り神霊のようである。波を乗り越えゆるやかに歩めば、薄絹の靴より塵《ちり》が立つ。その所作には決まりがなく、危なげに見えたり、安らかに見えたり。いつ進み、いつ止まるとも分からない。去って往くようでもあり、戻って来るようでもある。流し目をすれば、輝かしい光を生み、玉のような顔は艶《つや》やかさを増す。唇は言葉を秘め、息づかいは幽蘭《ゆうらん》のように芳《かんば》しい。美しくしなやかなその姿を見ると、わたしは食事さえ忘れてしまった。

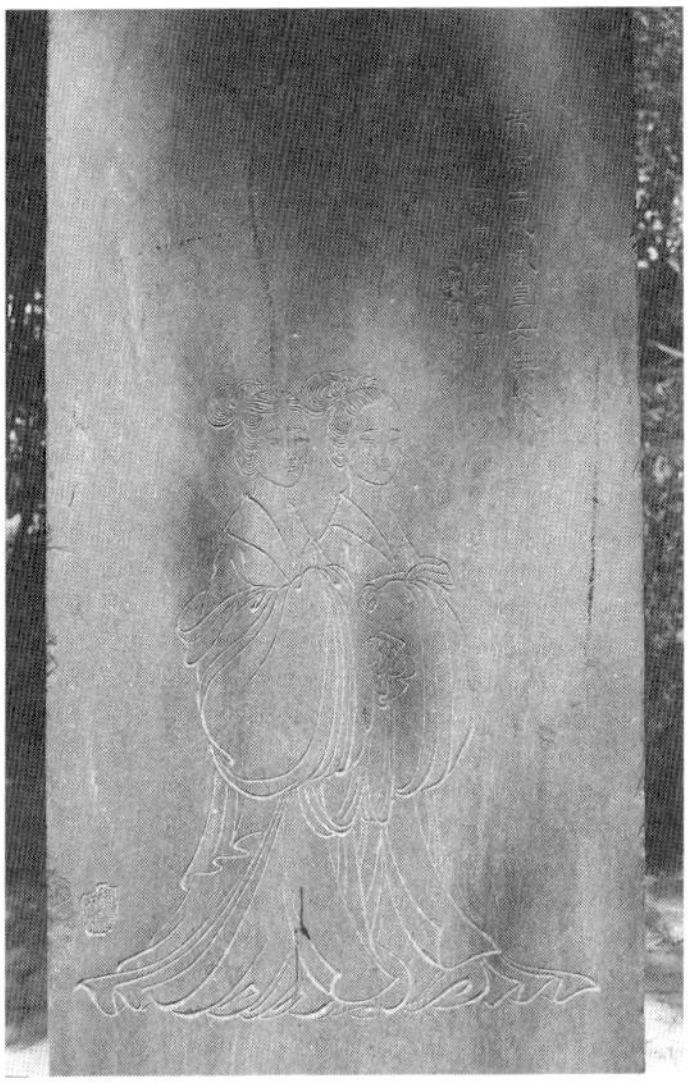

舜帝二妃図（君山）

湘水《しょうすい》の二妃とは、舜《しゅん》の皇妃の娥皇《がこう》と女《じょ》英《えい》のことで、二人は南征する舜のあとを追って湘水のほとりまで来たが、舜の崩御を聞いて身を投じ、湘水の女神になった。漢水の女神は、宋玉が歌う「神女賦」の対象である。匏瓜《ほうこう》星は、他の星と接しておらず、牽牛《けんぎゅう》星は織女《しょくじょ》星と夫婦であるが、七月七日にしか会うことができない。別れを予感させながらも、洛水の女神は美しく輝き続ける。

折しも風の神は風を収め、川の神は波を静め、馮夷《ふうい》は鼓《つづみ》を鳴らし、女媧《じょか》は清らかな歌声をあげる。文魚《とびうお》は飛び上がって車を守り、玉の鈴を鳴らして一斉に進む。六頭の龍は厳《おごそ》かに首をもたげ、女神の雲の車をゆるやかに引く。鯨は躍りあがって左右を守り、水鳥は天翔けて護衛する。こうして北の州を越え、南の丘を過ぎると、白いうなじを巡らし、すずやかな瞳を向けて、朱《あか》い唇を動かし、おもむろに男女の交わりの正道を説いた。悲しいかな、人と神の道は交わることなく、ともに幸せな時を過ごすことは許されないと嘆くと、薄絹の袖《そで》をあげて咽《むせ》び泣き、涙は襟《えり》もとに、はらはらとこぼれる。これから先は逢瀬《おうせ》の途《みち》が絶えることを悲しみ、一たびここを去れば住む世界を異にすることを哀《かな》しむ。「ささやかな心では、わたしの愛を示すわけには参りません。代わりに江南の真珠の耳玉を差し上げます。たとえ神の世界に隠れ住んでも、あなたのことはいつまでも忘れません」。そう言い残すと、女神の姿は見えなくなり、悲しくも神々しい姿は消え、輝かしい姿は消え失せた。

李善注は、下線部の「怨盛年莫当（盛年《せいねん》の当《あ》たる莫《な》きを怨《うら》む）」を曹植が恋して添えなかった甄《しん》皇后の気持ちを表したもの、と解釈する。その解釈に従えば、「若いときにあなたに会えなかったことを恨みに思う」という訳になる。ここでは、曹植の現実から解釈する李善注には従わない。

それからわたしは、低い水辺をあとにして高い所へ登ったが、足は進むが心は後に残る。募《つの》る想いは抑え切れず、女神の姿を思い描き、何度も振り返って憂いに閉ざされる。女神が再び現れないかと、小舟を操り、流れを溯《さかのぼ》り、どこまでも漕いで、帰ることさえ忘れた。恋い慕う気持ちはますます募り、夜が深《ふ》けても心は休まらない。いつまでも寝付けぬまま、気がつくと激しい霜に身を濡らし、いつの間にか朝を迎えていた。わたしは御者に命じて車の準備をさせ、東への帰路に旅立とうと心に決めた。副《そ》え馬の手綱《たづな》を取って鞭《むち》を振り上げたが、胸が塞《ふさ》がり何時までも立ち去ることができなかった。

『文選』巻十九 賦 情 曹子建 洛神賦注

曹植の「洛神賦」が基づく、宋玉《そうぎょく》の「神女賦《しんにょのふ》」は、楚《そ》の襄王《じょうおう》のために夢で出会った神女の姿を物語るという形式をとる。その記述は、あくまでも、神女の美しさを艶《なまめ》かしい美辞麗句で飾ることに目的があり、「洛神賦」のように、読んだ後にどうしようもない切なさを感じることはない。一方、「洛神賦」は、形式的には、宋玉の「神女賦」を踏襲し、内容的にも、湘水《しょうすい》の二女など漢代以来の神女の古伝説に取材するものであって、目新しいものではない。それにも拘《かかわ》らず、読者に圧倒的に伝わってくる悲しさは、曹植の抒情《じょじょう》表現の内在性に基づく。

「洛神賦」は、語り手である「わたし」も、そして洛水の女神も、ともに運命の寂しさをどうすることもできない。その運命とはまた、曹植その人の運命でもあった。英雄曹操の子として生まれ、国のために功績を立てることを望みながら、兄の文帝曹丕にも、甥の明帝曹叡《そうえい》にも、一度として用いられることはなかった。しかも、兄からは転封《てんぽう》に継ぐ転封を命ぜられ、その生活は監視されながら、名ばかりの諸侯として生きる。その運命が表現の内的必然性となっているのである。

曹植は、賦を「辞賦は小道」と述べながらも、その「小道」の中に、虚構を盛り込み、抒情を表現することを可能にした。陳琳《ちんりん》・王粲《おうさん》・楊脩《ようしゅう》にも、「神女賦」があることは（『藝文類聚《げいもんるいじゅう》』巻七十九　霊異部　神）、建安期にこうした賦の作成が好まれていたことを今日に伝える。

曹植が入朝した黄初《こうしょ》四（二二三）年は、六月に伊水《いすい》と洛水が氾濫して、多くの民が犠牲になった。あるいは、これが洛水に溺死して女神となった宓妃《ふくひ》を歌う賦を制作する契機となったかもしれない。曹植の賦は、漢代の賦が叙事を中心とすることに対して、哀傷を主題とするものも多く、文学の抒情化に画期的な役割を果たしたのである。

3　曹植の憂い

「洛神賦」のような辞賦は、曹植にとって「小道」であり、それは、虚構によって抒情を表現することであった。李善注のように、曹植の現実と結びつけて解釈することは、曹植の本来の意図とは異なることである。曹植が現実と切り結ぶ中で、表現することを切望していた「一家の言」の中では、封建についての議論が、『三国志』にも収録され、後世に大きな影響を与えた。曹魏を建国した曹丕は、曹植との後継争いの故にか、同姓諸侯を厳しく監視した。その最大の被害者である曹植は、曹丕の死後、同姓諸侯の厚遇を求めて次のように主張する。

親親《しんしん》を通ぜんことを求むる表

臣《わたくし》が聞くところでは、天がその高さを称《たた》えられるのは、覆《おお》わないところが無いためである。地がその広さを称えられるのは、載《の》せないところが無いためである。太陽と月がその明るさを称えられるのは、照らさないところが無いためである。長江や大海がその大きさを称えられるのは、容れないところが無いためである、と申します。このために孔子は（『論語』泰伯《たいはく》篇に）、「偉大であるな、堯《ぎょう》の君主としてのあり方は。ただ天だけを大いなるものとするが、堯は天に則《のっと》っている」と言っております。そもそも天の徳は万物に対して、広く大きなものと言えます。堯の教えというものは、親《しん》を先にして疎《うと》いものを後にし、近いものから遠いものへと及ぼしております。その伝（『尚書《しょうしょ》』堯典《ぎょうてん》）には、「（堯は）よくすぐれた徳を持つ人物を明らかにして、九族《きゅうぞく》に親しみ、九族が睦《むつ》みあったのち、人々に明らかにする」とあります。周の文王《ぶんおう》はまた親族への教化を尊重しました。その詩（『詩経』大雅《たいが》思斉《しせい》）には、「（文王は）正妻を礼により尊重し、兄弟に及ぼし、そうして家と邦《くに》を治める」とあります。このために和《やわ》らぎ睦《むつ》みあったことを詩人は詠《うた》ったのです。むかし周公は（弟の）管叔《かんしゅく》と蔡叔《さいしゅく》が和らがなかったことをいたみ、広く同姓の親族を封建して王室の藩屏《はんぺい》といたしました。伝（『春秋左氏伝』隠公《いんこう》伝十一年）に、「周の宗盟《そうめい》［盟約を掌る者］は、異姓の諸侯を後から盟《ちか》わせた」とあります。まことに骨肉の恩愛は、仲違いをしても断ち切れず、親親《しんしん》の義［親族に親しむという春秋の義］はまことに厚く堅いものがあります。いまだ義でありながらその君主を後にし、仁でありながらその親《しん》を残すものはありません。

『三国志』巻十九　陳思王植伝

文はさらに続くが、曹植の主張は、傍線部に説かれる同姓諸侯の優遇にある。その論拠となっている経典は、『春秋左氏伝』である。「昔 周公」から「王室に藩屏とす」までは、僖公《きこう》伝二十四年を、「伝に曰く」と引用であることを明記する部分は、隠公 伝十一年を、それぞれ典拠としている。

後者の『春秋左氏伝』隠公 伝十一年は、「滕侯《とうこう》・薛侯《せっこう》が、朝廷に来て長を争った。……公は羽《う》父《ほ》に薛侯に言わせた、『……周の宗盟は、異姓を後といたします』と」というもので、諸侯の封建と直接的な関係はない。ここの引用は断章引句《だんしょういんく》［文脈を無視して、言葉だけを引くこと］である。『春秋左氏伝』の諸侯観をここに見ることはできない。

これに対して、前者の『春秋左氏伝』僖公 伝二十四年は、『春秋左氏伝』における諸侯の規定を考え得る長文の典拠である。
鄭《てい》と滑《かつ》との紛争を調停しようとした周の恵王《けいおう》に対し、かねてから恵王の非礼を憤っていた鄭の文公《ぶんこう》は、調停を拒否して使者を捕らえた。これに怒って、異民族の狄《てき》の軍に頼って鄭討伐を企てる恵王に、富辰《ふしん》は次のように諫言する。

いけません。臣《わたくし》はこう聞いております、「最上は徳により民を撫すことで、その次は親を親しんでそれを及ぼしていくことである」と。むかし周公は（弟の）管叔《かんしゅく》と蔡叔《さいしゅく》が和らがなかったことをいたみ、広く同姓の親族を封建して王室の藩屏《はんぺい》といたしました。……いま周の徳はすでに衰えておりますのに、ここに至ってさらに周公や召公《しょうこう》の方針を変えて、姦賊《かんぞく》に従えば、どうしてうまくいくことがあるでしょうか。

『春秋左氏伝』僖公 伝二十四年

この記事ののち、『春秋左氏伝』には周王に関する記事が、にわかに減少するが、それまでの間、周と鄭との関係は、一方的に周王の鄭に対する非礼《ひれい》・不正ばかりが強調されている。中原《ちゅうげん》の同姓諸侯である鄭に周が攻撃を加えることは、「親親の義」によって支えられている周の封建制を王自らが否定することになる。したがって、周王は、藩屏として依り所とすべき鄭などの諸侯への非礼、果ては夷狄《いてき》を使った同姓諸侯への攻撃により、王としての権威を実質的に失墜した。

『春秋左氏伝』は、周衰退の原因をそう伝えているのである。

曹植は、これを読んで、我が身の境遇を顧みたことであろう。自分を筆頭として、曹魏は同姓諸侯を優遇していない。孔子の理想とする周王朝ですら、それを理由に滅亡したのである。自らのためだけではなく、曹魏のために同姓諸侯を藩屏とする儒教の理想を曹魏に実現させなければならない。「親親《しんしん》を通ぜんことを求むる表」には、こうした曹植の切迫した思いが込められている。

曹植が『春秋左氏伝』を典拠として求めた同姓諸侯のあり方は、国家の藩屏として皇帝権力を分有できる実力を持つ諸侯である。しかし、曹魏の現実は、それとは完全に乖離したものであった。ようやく、太和《たいわ》六（二三二）年、曹魏における諸王の待遇は、やや改善される。だが、それは太和五（二三一）年に出された曹植の「親親を通ぜんことを求むる表」の実現というよりも、司馬氏の台頭への対策という側面が強く、曹植が求める型での同姓諸侯への分権は行われなかった。

正始《せいし》四（二四三）年、曹室の一族である曹冏《そうけい》がまた「六国論《りっこくろん》」を著し、州牧《しゅうぼく》にではなく、宗室に権力を附与すべきことを主張する（『三国志』巻二十　曹冏伝注引『魏氏春秋《ぎししゅんじゅう》』）。しかし、正始十（二四九）年には、司馬懿による正始の政変によって、曹魏の権力は司馬氏の掌中に握られる。曹魏における諸王への権力附与は実現しなかったのである。

このように曹植の「一家の言」を代表する「親親を通ぜんことを求むる表」は、兄が建国した曹魏を救うことはなかった。自らが諸侯として、活躍することができなかったばかりでなく、その「一家の言」においても、曹植はその志を遂げることができなかった。自らが用いられない曹植の思いは、その抒情を表現した「洛神賦」など「小道」であるはずの「辞賦」を輝かせた。

その結果、一見すると、かえって「文学」の価値を貶めているかに見える曹植の「辞賦は小道」という言説にこそ、今日的な文学表現の自覚を求めることができる。「辞賦」が直接的に立徳・立功・立言という儒教的な価値とは結びつくことのない仮構であることを宣言する「辞賦は小道」という言説は、「小道」に過ぎない「辞賦」に仮構を許容する前提となり、抒情の表現に重点を置くための手段を確立した、と理解できるためである。こうした意味で、曹植は今日的な意味における自覚的な「文」の表現者と位置づけられる。陶淵明や李白・杜甫が評価されるまで、曹植が中国最高の詩人と評価された理由は、ここにある。

第六章　益州疲弊せり

諸葛亮像（成都武侯祠）

成都の武侯祠は，総門の扁額に「漢昭烈廟」と大書されるように，本来は，恵陵（劉備の墓）を中心としていた。諸葛亮への思慕が主客を逆転させたのである。

1　草廬対

同じく三国時代でありながら、劉備《りゅうび》の建国した蜀漢《しょくかん》、孫権《そんけん》の建国した孫呉《そんご》において、文学が儒教に匹敵する価値を与えられることはなかった。これは文学が、曹操の宣揚によって、始めて価値として認められたことを端的に物語る。そうしたなか、蜀漢の丞相《じょうしょう》となった諸葛亮《しょかつりょう》の文だけは、「出師表《すいしのひょう》」が『文選《もんぜん》』に収録されるなど、後世に大きな影響を与えた。そこで、諸葛亮に焦点をあてて、その文を考えていこう。

諸葛亮は、徐州琅邪郡陽都県《じょしゅうろうやぐんようとけん》の出身で、光和《こうわ》四（一八一）年に生まれた。父の珪《けい》は、泰山郡《たいざんぐん》の丞《じょう》［次官］になった。諸葛家は、「世々二千石《よよにせんせき》［代々郡太守《ぐんたいしゅ》を輩出］」と称される、琅邪郡を代表する豪族《ごうぞく》である。長命であれば、さらなる出世が期待できたであろう父を十四歳の時に亡くした諸葛亮は、荊州牧《けいしゅうぼく》［荊州の長官］の劉表《りゅうひょう》と係わりがあった伯父の諸葛玄《げん》に連れられ、荊州《けいしゅう》に赴く。しかし、十七歳のときに、玄も卒する。諸葛亮は、弟の均《きん》と共に、襄陽郡《じょうようぐん》の隆中《りゅうちゅう》で晴耕雨読の暮らしをしながら、梁父《りょうほ》の吟《ぎん》を口ずさんだという。

梁父吟

歩出斉城門　遥望蕩陰里　歩みて斉《せい》の城門を出《い》づれば　遥《はる》かに蕩陰《とういん》の里を望む

里中有三墳　纍纍正相似
問是誰家冢　田彊古冶子
力能排南山　文能絶地紀
一朝被讒言　二桃殺三士
誰能為此謀　国相斉晏子

里中に三墳《ふん》有り　纍纍《るいるい》として正《まさ》に相《あい》似たり
問ふ是《こ》れ誰が家の冢《つか》ぞ　田彊《でんきょう》古冶子《こやし》なり
力は能《よ》く南山《なんざん》を排《はい》し　文は能く地紀《ちき》を絶つ
一朝　讒言《ざんげん》を被《こうむ》れば　二桃《とう》もて三士を殺す
誰《たれ》か能く此《こ》の謀《はかりごと》を為《な》す　国相《こくしょう》の斉《せい》の晏子《あんし》なり
『藝文類聚《げいもんるいじゅう》』巻十九　人部三　吟《ぎん》

梁父の吟は、春秋《しゅんじゅう》時代の斉の宰相晏嬰《あんえい》の智謀を称《たた》えた歌である。斉に仕える豪傑である、古冶子・田開彊《でんかいきょう》［田開］・公孫接《こうそんせつ》［歌の中には含まれない］の三人が力合わせると国が危ういと考えた晏嬰は、二個の桃を下賜《かし》して功績がある者はこれを取れ、と三人の自尊心を煽《あお》る。公孫接と田開彊がそれぞれ理由を述べて桃を取ると、古冶子《こやし》も自分の功績を述べて二人に桃を渡せと剣を抜く。二人は、われらの勇は古冶子に劣る。ここで桃を譲らなければ貪欲《どんよく》と言われ、死なければ勇気がないことになる、と言って、桃を返して二人とも自害する。古冶子も、自分独り生きることは不仁《ふじん》であると言って、桃を取らずに自害した。

諸葛亮は「梁父吟」を歌うことで、豪勇の功を頼んで、傍若無人に振る舞っていた三人の豪傑に、「二桃《にとう》の計」をめぐらして禍《わざわい》の芽を摘《つ》んだ郷里の先達《せんだつ》である晏嬰の政治的手腕を慕ったのである。やがて、諸葛亮は、自らを管仲《かんちゅう》と楽毅《がくき》に準《なぞら》えるようになる。管仲も斉の宰相で、桓公《かんこう》を輔佐して最初の覇者《はしゃ》とした。楽毅は、戦国《せんごく》時代の燕《えん》に仕え、斉の七十余城を攻め落とした名将である。諸葛亮は、儒教を学ぶ知識人が等しく目指した「出《い》では将、入りては相《しょう》」として活躍する儒将《じゅしょう》を志《こころざ》した。具体的には、相として晏嬰・管仲を、将として楽毅を目標としたのである。

諸葛亮が学んだ荊州《けいしゅう》では、劉表《りゅうひょう》の保護のもと、宋忠《そうちゅう》と司馬《しば》徽《き》を中心に荊州学《けいしゅうがく》と呼ばれる新しい儒教が生まれていた。鄭玄《じょうげん》に対する最初の異議申し立てである。鄭玄は、『周礼《しゅらい》』『儀礼《ぎらい》』『礼記《らいき》』の「三礼《さんらい》」、とりわけ『周礼』により諸経を体系化し、漢代の儒教を集大成した。しかし、その経典解釈は複雑をきわめ、また、緯書《いしょ》に基づく宗教性を強く帯びていた。

これに対して、荊州学は、『春秋左氏伝《しゅんじゅうさしでん》』と『周易《しゅうえき》』を中心に据えることで、乱世に対応する具体的な規範と「道」という言葉に代表される世界の根本原理を解明することを目指した。このため、人間中心の合理的で簡明な経典解釈を心がけた。漢代の儒教、そして鄭玄学の宗教性を支えていた緯書は、やがて荊州学を継承する王粛《おうしゅく》によって否定される。

諸葛亮の師である司馬徽《しばき》が、自分たちを「俊傑《しゅんけつ》」と称し、単なる儒者とは区別していたように、荊州学は、経学の習得だけを目的としたわけではない。友人達が経典の細かい解釈に夢中となる中、諸葛亮は大まかな解釈で止《とど》めていた。荊州学は、訓詁学《くんこがく》［経典を解釈する学問］を踏まえながらも、それを生かして乱世を収めるための実践を重んじていたのである。徐庶《じょしょ》・石韜《せきとう》・孟建《もうけん》と互いに抱負を語り合った時、諸葛亮は「君達三人は、仕官をすれば州や郡の長官になれるだろう」と言いながら、自分については笑って答えなかった。自らを管仲・楽毅に比《ひ》す諸葛亮である。

地方長官になることが目的ではない。天下・国家を経綸《けいりん》したい。そうした志が尊重され、諸葛亮は司馬徽の友人である龐徳公《ほうとくこう》より「臥龍《がりょう》」［まだ伏せていて世の中に顕れていない龍］という人物評価を受けた。帝王の秘策を好んで論じた「鳳雛《ほうすう》」龐統《ほうとう》と、並称されたのである。

それでは、諸葛亮は、どのように志の実現を図ったのであろう。諸葛亮は、妻の姻戚である劉表の才能を見限っていた。また、現実問題としても、劉表を支える蔡瑁《さいぼう》・蒯越《かいえつ》を差し置いて、諸葛亮の抱負を劉表政権で実現できる可能性はない。これに対して、華北で曹操《そうそう》との争いに敗れ、劉表の客将となっていた劉備の配下には、一流の名士はいない。しかも、劉備は、髀肉《ひにく》の嘆《たん》［才能が生かせず焦ること］をかこっていた。剣を得意とし、出身階層も近い徐庶《じょしょ》は、諸葛亮に先立って劉備に仕え、劉備に諸葛亮を迎えさせる。

後漢時代において、三顧《さんこ》の礼《れい》［三回訪問して礼を尽くすこと］は、皇帝が老儒者を宰相に迎える礼であった。名目的とはいえ、仮にも左将軍《さしょうぐん》の劉備が、無位無官の諸葛亮に尽くす礼としては重過ぎる。劉備も、当初から三顧の礼を尽くそうとしたわけではない。徐庶が劉備に、「諸葛亮という者は臥龍《がりょう》です。将軍は会いたいと思われますか」と尋ねると、劉備は、「君が一緒に連れてきてくれ」と答えている。

しかし、徐庶は、劉備に諸葛亮を尊重させることを通じて、関羽《かんう》・張飛《ちょうひ》を中心とする傭兵集団から名士を中心とする政権へと、劉備集団を質的に転化させるため、「この人は、連れてくることはできません。将軍が礼を尽くして訪れてください」と答え、三顧の礼を尽くさせたのである。

厚遇を約束された諸葛亮は出仕し、基本戦略として「草盧対《そうろたい》［隆中対《りゅうちゅうたい》とも称する］」を披露する。

草盧対

諸葛亮は答えて言った。「董卓《とうたく》（が起こした混乱）以来、豪傑が並び起こり、いくつもの州や郡を占拠した者は数えきれません。曹操は袁紹《えんしょう》に比べると、名望は小さく軍勢も少なかったのに、それでも曹操が結局袁紹を破り、弱者から強者になったのは、ただ天の時が味方したのではなく、人の 謀《はかりごと》 によります。いま曹操はすでに百万の軍勢を擁し、天子を挟んで諸侯に命令をしており、これはともに鋒を争う相手ではありません。孫権《そんけん》は江東《こうとう》を拠点として、すでに（父の孫堅《そんけん》、兄の孫策《そんさく》と）三代を経ており、国は（長江の）険を持ち民はなつき、賢人も才能ある者も用いられておりますので、これはともに助け合うべきで滅ぼすものではありません。荊州は、北は漢水《かんすい》・沔水《べんすい》が流れ、南海に達する利点を持ち、東は呉郡《ごぐん》・会稽郡《かいけいぐん》に、西は巴《は》・蜀《しょく》に通じる（交通の要所な）ので、これは武力を用いるべき国なのですが、その主（劉表）は守ることすらできません。これは天が将軍を助けようとしている証拠です。将軍は荊州を取る意志がございますか。（また）益州《えきしゅう》は、堅固な要塞に守られた、豊かな平野が千里も広がる、天の倉庫とも言える地で、高祖《こうそ》（劉邦）はこれを基《もと》に帝業を完成しました。（しかし、益州を支配する）劉璋《りゅうしょう》は暗愚で、張魯《ちょうろ》が北方に敵対し、民は盛んで国は豊かでありながら恩恵を加えないので、智能ある人士は名君を得たいと考えております。将軍は帝室の後裔《こうえい》であるうえ、信義を天下に明らかにし、英雄を掌握して、賢人を渇望しておられます。もし荊州と益州をともに領有し、その要害を保ち、西方の異民族をなつけ、南方の異民族を慰撫《いぶ》して、外では孫権と（友好関係を）結び、内では整った政治を行い、天下に変事が起こった際に、一人の上将に命じて荊州の軍を宛《えん》や洛陽《らくよう》［河南省方面］に向かわせ、将軍は自ら益州の軍勢を率いて秦川《しんせん》［陝西省方面］に出撃すれば、民は弁当と水筒を持って将軍を歓迎することでしょう。まことにこのようになれば、覇業は成就し、漢室は復興いたします」と。

『三国志』巻三十五　諸葛亮伝

三義宮（涿州。桃園の誓の場とされる）

草廬対の「対」とは、本来、郷挙里選《きょうきょりせん》の制挙《せいきょ》［皇帝への天からの戒めである災異《さいい》が起こった際などに実施される臨時の官僚登用］で行われる皇帝からの「策問《さくもん》」［質問］への「対策《たいさく》」［回答］を意味する。したがって、劉備が諸葛亮に尋ねた①後漢末の情勢、②自らの敗退理由、③これからの基本戦略という三点に「対」して、草廬対は答えている。

曹操が建安文学《けんあんぶんがく》を興すまでは、これこそが「文」の代表であった。曹丕が『典論』論文篇において、「奏《そう》」・「議」・「書」・

「論」・「銘《めい》」・「誄《るい》」・「詩」・「賦」と八種に分ける「文」のうち、無韻の文である前半の四種は、実用的な要素が高く、後半の四種が有韻で、感覚的・情緒的な文であることと大きく異なる。近代的な文学意識では、後者を高く評価するが、曹丕が実用的な文を前に置くように、本来「文」は、実用的なものであった。諸葛亮の「草廬対」は、曹丕が「理であることが望ましい」とした「論」に近い。劉備の諮問に対して理路整然と答える「草廬対」は、すぐれて論理的な文章である。感覚的・情緒的ではないが、諸葛亮は「文」に秀でているのである。その内容は次の通りである。

①後漢末の混乱については、董卓《とうたく》以来豪傑が並び立ったことを挙げる。「出師表」には述べられる桓帝《かんてい》・霊帝《れいてい》の失政への批判は、ここには見えない。後漢がなお存在しているためであろう。②劉備の敗退理由については、直接言及することを避け、曹操が袁紹《えんしょう》に勝ったことを「人の謀《はかりごと》」による、と答える。すなわち、劉備集団に、「謀」を指し示す名士がいないため、敗れ続けている、と指摘したのである。これは、自らの「謀」を採用すべしとの主張にもなっている。そして、③これからの基本戦略として、曹操《そうそう》は強く単独では当たれないので、孫権《そんけん》と結び、荊州と益州《えきしゅう》を支配して天下三分の形をつくる。そのうえで、荊州と益州からそれぞれ洛陽《らくよう》と長安《ちょうあん》を取れば、覇業《はぎょう》は成り漢室は復興する、という「謀」を提案したのである。

この「謀」は、当時において、常識的な戦略であった。漢は、これまでに一度、王莽《おうもう》によって滅ぼされている。これを前漢《ぜんかん》という。光武帝劉秀《こうぶていりゅうしゅう》は、漢の復興を唱えて黄河《こうが》の北に拠点をつくり、洛陽と長安を取り、蜀《しょく》の公孫述《こうそんじゅつ》を滅ぼし、天下を統一して漢を中興した。これが後漢である。これとは反対のルートになるが、華北を曹操が掌握し、長江《ちょうこう》下流域に孫権が居る以上、残った荊州と益州を拠点として、洛陽と長安を取ろうとするのは、他に選択肢が思い浮かばないほど、当たり前の戦略であった。

　また、草廬対は、よく「天下三分の計」と言われるが、三分は手段であって目的ではない。その証拠に、天下三分を実現した後にも、諸葛亮が曹魏《そうぎ》への北伐《ほくばつ》を止めることはなかった。天下三分を目的とした孫呉《そんご》の魯粛《ろしゅく》とは異なり、諸葛亮はあくまでも漢による中国統一を目指したのである。劉備と共に建国した国家は漢、あるいは季漢《きかん》［季は末っ子という意味］が正式な名称であり、蜀は地域名である。「大一統（一統を大《とうと》ぶ）」は、『春秋公羊伝《しゅんじゅうくようでん》』の冒頭、隠公《いんこう》元年に示される「春秋の義《ぎ》」である。荊州学は、『春秋左氏伝』を中心に置き、諸葛亮の軍事行動にも、『春秋左氏伝』を規範とするものが多い。それでも、「聖漢」の「大一統」を目指す志において、諸葛亮は漢代的精神の忠実な継承者であった。やがて、草廬対は関羽《かんう》が荊州を奪われて破綻する。しかし、諸葛亮は生涯、この戦略を貫き続けていく。

　建安《けんあん》十三（二〇八）年、曹操が南下すると、劉表は病死し、その政権は崩壊する。不意を衝かれた劉備は敗走するが、孫権は劉備と対等な同盟を結ぶ。そこには魯粛の「天下三分の計」と諸葛亮の外交努力があった。魯粛の「天下三分の計」の第三勢力は、当初は劉表を想定したもので、必ずしも劉備である必要はなかった。孫権に仕えていた兄の諸葛瑾《しょかつきん》が、亮を助けたのである。

岳陽楼（魯粛の演兵所跡）

「わたしはあなたの兄の友人です」という一言を受け、諸葛亮が魯粛とすぐに交友関係を結べたことは、政権を超えて存在する名士のネットワークが、この時代の外交に必要不可欠であったことを示す。

諸葛亮の人的ネットワークは、赤壁《せきへき》の戦いの後に効力を発揮する。歴戦の傭兵隊長である劉備は、呉軍を率いる周瑜《しゅうゆ》の戦術に疑問を抱き、軍を遠ざけて積極的には戦わなかった。それにも拘《かかわ》らず、戦後、劉備が荊州南部を領有できたのは、荊州を貸すという論理で魯粛が呉の輿論《よろん》を納得させたことに加え、諸葛亮が人的ネットワークにより、多くの荊州名士を劉備に仕えさせたことによる。諸葛亮に推挙された龐統《ほうとう》・馬良《ばりょう》・習禎《しゅうてい》たちは、その名声により豪族の支持を集め、劉備の荊州支配を安定させた。こうして劉備は、挙兵以来初めて根拠地を確保できたのである。

劉備が益州に進攻すると、軍師として龐統を随行させ、諸葛亮自らは関羽・張飛・趙雲《ちょううん》とともに荊州に残った。しかし、龐統が戦死し、劉備は包囲される。やむなく諸葛亮は、張飛・趙雲とともに劉備を支援して成都《せいと》を落とし、益州を征服した。しかし、関羽に委ねた荊州の支配は安定しなかった。傲慢な関羽が、事ごとに名士と対立したためである。それでも、魯粛のあるうちは無事であったが、その死後、軍を率いた呂蒙《りょもう》は、荊州の奪還を目指す。

一方、劉備は、漢中《かんちゅう》に出て夏侯淵《かこうえん》を斬り、救援に来た魏王《ぎおう》曹操を撃破して、漢中王《かんちゅうおう》に即位する。関羽は、これに呼応して北上し、曹仁《そうじん》の守る樊城《はんじょう》を水攻めにした。その勢いに曹操は遷都も考えるが、関羽は魯粛の重要性にあまりに無頓着であった。曹操は、徐晃《じょこう》に樊城を救援させると共に、孫権と結んで呂蒙に関羽の背後を攻撃させる。これにより関羽は斬られ、荊州は失われた。

劉備は激昂《げっこう》した。情を同じくする張飛が、弔い合戦に備えて準備を焦り、部下に裏切られて寝首を掻《か》かれると、劉備の感情は昂《たかぶ》るばかりであった。曹丕《そうひ》に滅ぼされた後漢を受け継ぎ、劉備はすでに漢［季漢］を建国して、皇帝に即位してした。国是《こくぜ》である曹魏の打倒と漢による天下統一を後回しにし、草廬対に反して孫呉と戦うことの不可を、諸葛亮はよく知っていたはずである。しかし、諸葛亮は、劉備の東征を止めなかった。君臣でありながら、兄弟と称された関羽・張飛と劉備との関係は、諸葛亮と劉備とのそれとは異なる。結局、劉備は夷陵《いりょう》の戦いで陸遜《りくそん》に敗れ、白帝城《はくていじょう》で死の床に就く。

成都《せいと》より駆けつけた諸葛亮は、劉備から「もし劉禅《りゅうぜん》に才能が無ければ、君が代わって君主になってほしい」と遺言を受ける。『三国志』を著した陳寿《ちんじゅ》は、これを「君臣の至公」と称賛する。君臣の信頼関係が、劉禅に代わって即位せよと言わせたのだとするのである。これに対して、明《みん》の王夫之《おうふうし》は、これを君主が出してはいけない「乱命」であるという。劉禅に才能がない場合、諸葛亮は即位しなければ命令違反となるためである。王夫之は「劉備は関羽に対するような信頼を諸葛亮には抱いていない」と言う。そのとおりであろう。関羽・張飛は亡く、挙兵以来の兵力は夷陵で壊滅した。諸葛亮の即位に釘を刺す遺言を残すしかない。それほどまでに、諸葛亮の勢力は万全であった。最後はやはり関羽・張飛と行動を共にした劉備の暴走に対して、諸葛亮は、「聖漢」による「大一統」という自らの志を実現するため、信頼できる名士を次々と要職に就けていたのである。その中には、諸葛亮が是非にと推挙したが、劉備は嫌い続けていた劉巴《りゅうは》もいた。劉備の「乱命」は、こうした状況の中で出されたものであった。諸葛亮は、それには従わず、才能に乏しい劉禅を懸命に支えて、志の実現に務めていく。

　劉備の死後、孫呉が煽動する反乱が南中《なんちゅう》で起こるが、諸葛亮は国境を閉ざし、内政の再建を優先した。後漢の支配は、儒教を媒介に地域の豪族と妥協する寛治《かんち》であった。袁紹《えんしょう》や劉表《りゅうひょう》の政治である。しかし、寛治は豪族の力を伸長させ、行き詰まっていた。そこで諸葛亮は、国家権力を再編するため、法刑を重視する猛政《もうせい》を行った。猛政が基づく「寛猛相済《かんもうそうさい》〔寛容な政治と厳格な政治で相互に補いあう〕」という理念は、『春秋左氏伝』昭公《しょうこう》伝二十年を典拠とする。『春秋左氏伝』を尊重して、実践的な儒教で民を救おうとする、荊州学の政治理念は、諸葛亮により現実の政治に生かされた。その成果の一つが、諸葛亮を中心にまとめた法典の「蜀科《しょくか》」であった。

　また、諸葛亮は、益州支配を安定させるため、益州出身者を政権の要職に抜擢していく。そのために、諸葛亮を中心とする荊州名士の集団に益州名士を組み込んで、蜀漢名士社会を形成した。たとえば、姜維《きょうい》が帰順した時、諸葛亮は、「姜維の能力は李邵《りしょう》や馬良《ばりょう》も及ばない。涼州の上士《じょうし》である」と人物評価をしている。ここでは、益州名士の李邵が、荊州名士の馬良と同じレベルに位置づけられている。その上とされたわけで、高い評価である。こうした人物評価の積み重ねにより、益州名士を蜀漢名士社会に位置づけることが、益州出身者を要職に就けることに繋がる。諸葛亮は、名士の名声に相応しい官職に就けていたからである。曹魏では、陳羣《ちんぐん》の献策により、郡中正が名声に基づいて郷品をつける九品中正制度とした。科挙《かきょ》まで続いた官僚登用制度である。諸葛亮は、それを制度化することはなかったが、こうして益州名士の規制力を統治の支柱と成し得たのである。

蜀漢名士社会に参入するための人物評価には、多くの価値基準があった。そのなかで最も重んじられたものは儒教である。諸葛亮が学んだ司馬徽のもとには、益州からも尹黙《いんもく》と李仁《りじん》が留学に来ていた。ただし、二人は益州の蜀学《しょくがく》の古さを嫌って荊州に来た。蜀学は、讖緯《しんい》の学［未来の予言を記す緯書を解釈する］を中心とする。荊州学が批判した儒教である。それでも諸葛亮は、蜀学の振興に努めた。蜀漢後期の蜀学を代表する譙周《しょうしゅう》は、五丈原《ごじょうげん》で諸葛亮が陣没した際、真っ先に弔問に訪れて敬愛の情を表した。諸葛亮の振興により蜀学が復興したことを象徴的に物語る逸話であろう。

さらに諸葛亮は、益州自体への国家支配も整備した。農業生産の要《かなめ》である都江堰《とこうえん》には堰官《えんかん》を置き、灌漑により農作物の増産に努めた。また、司塩校尉《しえんこうい》を設け、諸葛亮の信任厚い荊州出身の王《おう》連《れん》が、塩と鉄を専売した。蜀の特産品である錦《にしき》の生産にも力を注ぎ、漢嘉《かんか》の金・朱提《しゅてい》の銀を採掘し、鉄山を開発し、武器の製造にも努めた。南中の反乱を平定した南征《なんせい》は、こうした政策の延長である。対曹魏戦では、軍隊に屯田《とんでん》を行わせ食糧の自給に努め、督農《とくのう》を置いて農業を掌らせた。成都から遠く離れた漢中《かんちゅう》において、曹魏との長期の戦いを支えたものは、こうした諸葛亮の経済政策の成功にあった。

諸葛亮の法刑を重視した猛政に基づく内政と経済政策は、意外にも、法治を推進して君主権力を確立し、屯田制《とんでんせい》などの農業政策により国家の経済力を建て直した曹操の政治と似ている。後漢の寛治《かんち》が崩壊した三国時代において、曹魏では君主権力により、蜀漢では名士の諸葛亮により、厳格な支配と経済力向上のための諸政策が展開されたのである。しかし、国家の規模の違いは、北伐による益州の疲弊をもたらした。

2　出師の表

建興《けんこう》三（二二五）年春、諸葛亮は軍を率いて南征《なんせい》し、同年秋、南中《なんちゅう》の反乱を悉く平定した。後顧の憂いを断った諸葛亮は、国是《こくぜ》である漢室復興のため、満を持して北伐に赴く。建興五（二二七）年、出陣にあたり、北伐の正統性を天下に示すために公表した上奏文、それが「出師《すいし》の表」である。

出師の表

先帝《せんてい》［劉備］は始められた事業［漢の復興］がまだ半分にも達していない中道で崩殂《ほうそ》されました。いま天下は三分し、益州《えきしゅう》は疲弊しております。これは誠に危急存亡の秋《とき》です。それでも陛下のお側を守る臣下が宮中の内で警戒を怠らず、忠義の志を持つ臣下が外で粉骨砕身《ふんこつさいしん》しているのは、先帝の格別の恩顧を追慕し、これを陛下にお返ししようと考えるためです。（ですから陛下は）必ずお耳を開き、先帝の遺《のこ》された徳を輝《かがや》かし、志士の気持ちを広げるべきです。決してみだりに自分を卑下して、誤った喩《たと》えを引き、道義を失い、忠言・諫言の道を閉ざしてはなりません。

表とは、天子に捧げる上奏文の中で、最も公開性の高い文章である。諸葛亮は、「出師の表」により、「聖漢」による「大一統」の実現という北伐の目的を明らかにしたのである。劉備の死去を表現している「崩殂」は、天子の死去を表現する「崩御」と、漢の祖先と考えられていた堯《ぎょう》の死去を表現する「殂落」（『尚書《しょうしょ》』堯典《ぎょうてん》）を合わせた字句である。よく工夫された表現と言ってよく、劉備が堯の、すなわち漢の後継者として皇帝に即位したことを一言で表現している。旧蜀臣であった臣下は、曹魏を正統とする『三国志』の中で、劉備の死去を「殂《そ》」と表現している。諸葛亮の「出師の表」を典拠としながらも、曹魏を正統とするために「崩」の字を省いたと考えてよい。なお、秋を「とき」と読むのは、一年のうち収穫の秋が最も重要な「とき」であることによる。

宮中と丞相府《じょうしょうふ》はともに一体ですから、賞罰の褒貶《ほうへん》に、食い違いがあってはなりません。もし悪事をなして、法律［蜀科］を犯し、あるいは忠善を行う者があれば、かならず担当官庁に下げ渡して、その刑罰と恩賞を判定させ、陛下の公平な裁定を明らかにすべきです。私情にひかれて、内［宮中］と外［丞相府］で法律（の運用）に相違を生じさせてはなりません。侍中《じちゅう》の郭攸之《かくゆうし》・費禕《ひい》と侍郎《じろう》の董允《とういん》は、みな忠良で、志《こころざし》は忠実純粋であります。それゆえにこそ先帝は抜擢なさって陛下のもとに（かれらを）遺されたのです。わたしが思いますに、宮中のことは、事の大小の区別なく、すべてこれらの人々に相談し、そののち施行なされば、必ずや遺漏を補い広い利益を得られるでしょう。将軍の向寵《しょうちょう》は、性質や行為が善良公平で、軍事に通暁しており、かつて試みに用いられ、先帝はかれを有能であるとおっしゃいました。それゆえにこそ人々の意見は向寵を推挙して中部督《ちゅうぶとく》としたのです。わたしが思いますに、軍中のことは、すべてかれに相談なされば、必ずや軍隊を分裂させず、優劣の区別をつけて軍を運用できるでしょう。

諸葛亮は北伐にあたり、丞相府［丞相として開く幕府のこと］を前線の漢中《かんちゅう》に置いたため、劉禅《りゅうぜん》が残る成都《せいと》の宮中と二重政府状態となった。日本の江戸時代などの幕府は、この制度の継承と考えると分かりやすい。幕府は幕府直属の、朝廷は朝廷直属の臣下を優遇したがるものであるが、それでは両者が対立して、国力が削がれてしまう。諸葛亮は劉禅に、双方を法律［諸葛亮が中心となって制定した蜀科］に基づき公平に扱うこと、並びに宮中に残す諸葛亮の信任する侍中［皇帝の側近官の最高位］の郭攸之・費禕と侍郎［皇帝の側近官で侍中に次ぐ］の董允の助言を聞き、軍事は中部督［中領軍。親衛隊を統率］の尚寵に相談するよう求めている。

賢臣に親しみ、小人を遠ざけたことは、前漢の興隆した原因であり、小人に親しみ、賢臣を遠ざけたことは、後漢の衰微した理由でした。先帝ご存命のころ、臣とこのことを議論されるたびに、桓帝《かんてい》・霊帝《れいてい》（の失政）に歎息し、痛恨しないことはありませんでした。侍中・尚書《しょうしょ》（の陳震《ちんしん》）・（丞相留府《じょうしょうりゅうふ》）長史《ちょうし》（の張裔《ちょうえい》）・（丞相留府）参軍《さんぐん》（の蔣琬《しょうえん》）は、みな誠実善良で死しても節を曲げないものばかりです。どうか陛下は、かれらを親愛し信頼してください。そうすれば漢室の興隆は、日を数えて待つことができます。

諸葛亮は、後漢の衰退理由を桓帝・霊帝の失政に求めているが、それは曹操の楽府《がふ》にも見られる当時の共通見解である。現在では、霊帝の軍制などの諸改革は、曹操の先駆となるものと再評価されている。尚書は、尚書台《しょうしょだい》の三等官［上に副官の尚書僕射《しょうしょぼくや》・長官の尚書令《しょうしょれい》］であるが、実質的には国務長官にあたる。人事を担当する吏部《りぶ》尚書など五～六名が置かれ、唐《とう》代の六部《りくぶ》へと発展する。丞相留守長史は、成都に残った丞相府の留守を守る幕僚長であり、参軍は、幕僚のことである。

臣はもともと無官の身で、自ら南陽《なんよう》で晴耕雨読の生活をし、乱世において生命を全うするのがせいぜいで、諸侯に名声が届くことなど願っておりませんでした。しかし、先帝は臣の卑《いや》しきことを厭《いと》わず、みずから身を屈して、三たび臣を草廬《そうろ》に顧みられ、臣に当世の情勢をお尋ねになりました。これによって感激し、先帝のもとで奔走することを承知いたしました。そののち（長坂《ちょうはん》の戦いに）大敗を喫し、任務を敗戦の中に受けて、危難の最中に命令を奉じて（呉との同盟に）尽力し、いままで二十一年が経過しました。

裴注《はいちゅう》に引かれる『魏略《ぎりゃく》』と『九州春秋《きゅうしゅうしゅんじゅう》』は、諸葛亮から劉備を訪ねたことを伝える。しかし、裴松之《はいしょうし》は、ここに「三顧」が明記されていることを理由に、前二著の記事を否定する。「表」とは、公開を前提とする上奏文であり、そこに嘘を書くことはできないからである。ちなみに、諸葛亮が居住していた隆中《りゅうちゅう》は、南陽郡鄧県《とうけん》であるが、建安十三（二〇八）年、曹操が荊州を領有すると、襄陽《じょうよう》郡鄧県とされた。『資治通鑑《しじつがん》』などで諸葛亮が住んでいた場所を「襄陽」の隆中とするのは、正しくない。襄陽郡に鄧県が編入された段階では諸葛亮は、隆中に住んでいないし、曹操が定めた南陽から襄陽への変更に諸葛亮が従う必要はないからである。ちなみに、現在の湖《こ》北省襄樊市《ほくしょうじょうはん》にある古隆中《こりゅうちゅう》と称する遺跡が、諸葛亮の居住した「南陽」の隆中である。

先帝は臣の慎み深いことを認められ、崩御されるにあたり臣に国家の大事をまかされました。ご命令を受けてより、日夜憂悶《ゆうもん》し、委託されたことへの功績をあげず、先帝のご明哲を傷つけることを恐れています。そのため五月に瀘水《ろすい》を渡り、不毛の地（である南中）にも入りました。いま南方はすでに平定され、軍の装備もすでに充足しましたので、三軍を励《はげ》まし率《ひき》いて、北に向かって中原の地を平定するべきであります。願はくは愚鈍《ぐどん》の才をつくし、凶悪な（魏の）ものどもをうち払い、漢室を復興し、旧都（洛陽）に帰りたいと思います。これこそ臣が先帝のご恩に応え、陛下に忠を尽くすために果たさねばならぬ職責なのです。

瀘水は、チベット高原に源を発する長江本流の古称で、現在の金沙江《きんさこう》である。北伐して曹魏を滅ぼし、漢室を復興して洛陽に帰ることを掲げたあと、傍線部の「これこそ臣が先帝のご恩に応え、陛下に忠を尽くすために果たさねばならぬ職責」と述べる一文が、「出師の表」の眼目である。すべての軍事行動は、陛下劉禅への忠のために行われることを高らかに宣言する文が「出師の表」なのである。古来、「忠」を代表する文とされてきた理由はここにある。

利害を斟酌《しんしゃく》し、進み出て忠言を尽くすのは、郭攸之・費禕・董允の任務です。どうか陛下には臣に賊を討伐して漢室を復興することをおまかせください。もし功績があがらなければ、臣の罪を処断して、先帝の御霊《みたま》にご報告ください。もし徳を盛んにする言葉がなければ、郭攸之・費禕・董允たちの怠慢を責め、その罪を明らかにしてください。陛下もまた必ず自ら考え、善き道を採ろうとし、正しい言葉を受け入れて、深く先帝のご遺言に沿うようにご努力ください。臣は大恩を受け感激にたえません。いま遠く離れようとするに当たり、表を前にして涙が流れ、申し上げる言葉を知りません。

『三国志』巻三十五　諸葛亮伝

「出師の表」は、晉の李密《りみつ》の「陳情表《ちんじょうひょう》」が「孝」、唐の韓愈《かんゆ》の「祭十二郎文《さいじゅうにろうぶん》」が「友」を代表することに対して、「諸葛亮の出師の表を読んで涙を堕《おと》さない者は、その人必ず不忠である」（安《あん》子順《しじゅん》の言葉）と言われたように、「忠」を文章する名文として、『文選《もんぜん》』にも収録されて読み継がれてきた。たしかに、「忠」という語彙が五回使用され、漢室復興のための北伐を先帝に受けた恩に報い、陛下に忠を尽くす職責と位置づける一文が表の中心であるため、「出師の表」は、諸葛亮の「忠」が煌《きら》めく文章であると言えよう。ただし、諸葛亮の「忠」は、文中に十三回も登場する先帝劉備への追憶に支えられ、七回しか登場しない陛下［劉禅］への「忠」は、劉備との結びつきの延長として尽くされる「忠」であることには留意したい。

一方、先帝の多用と並んで、「宜《よろ》しく」が六回、「必ず」「願はくは」と合わせると十回に及ぶ劉禅への注文からは、先帝の権威を借りて、諸葛亮が留守中の劉禅に訓導を行おうとしている姿勢を見ることができる。そのなかで諸葛亮は、自らが信任する宮中の侍中たちと丞相府を預かる留府長史たちに国務を相談することを繰り返し述べている。

このため、およそ典雅ではない印象を受けることについては、陳寿が『諸葛氏集《しょかつししゅう》』を編纂した際の上奏文の中で、次のように弁明している。

論者の中には、諸葛亮の文章がきらびやかでなく、あまりにも繰り返しが多く、すべてにわたって配慮し過ぎていることを訝《いぶか》しむ者があります。臣が考えますに、皐陶《こうよう》は大いなる賢者であり、周公旦《しゅうこうたん》は聖人ですが、かれらの文を『尚書《しょうしょ》』にみますと、皐陶の謨《ぼ》は簡潔にして優雅であり、周公旦の誥《こう》は煩瑣《はんさ》にして周到です。その理由は、皐陶は舜《しゅん》・禹《う》（という聖君主）を相手に語っており、周公旦は群臣（という凡人たち）に対して誓っているからであります。諸葛亮が語りかけた相手は、すべて民や凡士ですから、その文旨は深遠とは成り得ないわけです。しかしながら、その教訓や遺言は、すべて万事に正しく対処したもので、公正誠実の心は、文章ににじみ出ており、諸葛亮の意図を知るのに充分であり、現代においても有益なものが含まれています。

陳寿と同様に張華《ちょうか》に評価された陸機《りくき》は、文学の価値を儒教と同等に置いた。そうした時代の流れから見ると、諸葛亮の「出師の表」は純朴に過ぎ、装飾に欠ける文章と言わざるをえない。それを陳寿は、凡庸《ぼんよう》な劉禅《りゅうぜん》に語りかけているからこそ、繰り返しが多く、典雅な言葉遣いの少ない卑俗な文章になっている、と説明するのである。『諸葛氏集』を編纂した、当該時代の諸葛亮研究の第一人者である陳寿の思いが込められた文章と言えよう。

こうした諸葛亮の配慮が通じたのか。幸いにして、劉禅は諸葛亮を固く信じ、輔弼の臣下の言に従い続けた。「亡国の暗君」として有名な劉禅であるが、諸葛亮を「相父《しょうほ》」「丞相である父」と慕い、全く疑わなかったことは、諸葛亮が忠臣として生を全うできた大きな要因である。

3　左氏伝に基づく

諸葛亮の文章は、のちに『三国志』を著した陳寿により『諸葛氏集』としてまとめられた。『諸葛氏集』は散逸したが、『三国志』諸葛亮伝に記された目録に基づき、多くの本に残された逸文が収集されている。それらの文は、荊州学《けいしゅうがく》の中心的な経典であった『春秋左氏伝《しゅんじゅうさしでん》』を典拠とするものも多い。ここでは、『諸葛氏集』に収録されなかった文を含めて、短い文は書き下し文とともに、三例だけ掲げてみよう。

臣　敢《あへ》て股肱《ここう》の力を竭《つく》し、忠貞《ちゅうてい》の節を效《いた》し、之に継《つ》ぐに死を以てせん。

臣《わたくし》はすすんで手足となって力を尽し、忠節をささげ、これを死ぬまで貫き通します。

『三国志』巻三十五　諸葛亮伝

白帝城《はくていじょう》で死の床にあった劉備が、「もし劉禅《りゅうぜん》に才能があれば、これを補佐せよ。もし無ければ、君が代わって君主になってほしい」と遺児を託したことへの諸葛亮の答えである。『春秋左氏伝』僖公《きこう》伝九年に、晉の荀息《じゅんそく》が、重病の献公《けんこう》から子の奚斉《けいせい》を託された時に、「臣 其の股肱の力を竭《つく》し、之に加ふるに忠貞を以てせん。其《も》し済《な》らば、君の霊《たすけ》なり。済らざれば、則ち死を以て之を継がん」と言ったことを踏まえて、諸葛亮が、劉禅の手足となって力を尽くし、忠節をささげ、これを死ぬまで貫き通すことを誓っている。諸葛亮が、荊州学の尊重する『春秋左氏伝』を自らの行動規範としていることを理解できよう。

臣 鞠躬尽力《きくきゅうじんりょく》し、死して後 已《や》まん。成敗利鈍《せいはいりどん》に至りては、臣の明の能く逆観《げきと》する所に非ざるなり。

臣《わたくし》は慎んで力を尽くし、死ぬまで貫き通します。成功するか失敗するか、勝利を得るか敗北するかは、わたしの洞察力では予測できるものではありません。

『三国志』巻三十五　諸葛亮伝注引張儼『黙記』

建興《けんこう》六（二二八）年、第二次北伐に際して、諸葛亮が上奏したという「後出師の表《こうすいしのひょう》」の末尾の文章である。「後出師の表」は、陳寿の『諸葛氏集』『三国志』には収録されず、孫呉の大鴻臚《だいこうろ》であった張儼《ちょうげん》『黙記《もくき》』により伝わった。さらに、表中の趙雲《ちょううん》の死亡年に『三国志』の記述との矛盾が生ずることもあって、古来、偽作の疑いが掛けられている文章である。

しかし、「鞠躬尽力し、死して後 已まん」との決意は、すでに掲げた劉備の遺言への答えの中にある「之に継《つ》ぐに死を以てせん」という表現に呼応し、先帝という言葉の使用頻度も、「出師の表」と同様に高い。さらに、兄の子である諸葛恪《しょかつかく》が、近ごろ家の叔父（諸葛亮）の賊と戦うための表を読んだが、「喟然《きぜん》として嘆息せずんばあらず」であった、と述べている。曹魏との戦いを反対されていた諸葛恪が「喟然として嘆息」する内容としては、「後出師の表」の方が相応しい。これらを考えあわせると、「後出師の表」が諸葛亮の自作である蓋然性は高く、甥の諸葛恪も読んでいるように、兄の諸葛瑾に送ったとすれば、それが孫呉に伝わっていたことも不自然ではない。

「鞠躬」は、身をかがめて敬い慎むことで、『論語《ろんご》』郷党篇《きょうとう》を典拠とし、「死して後 已む」も、『論語』泰伯篇《たいはく》を典拠とする。後者は、曾子《そうし》が仁を体得し実践していくことの任の重さと道の遠さを述べた有名な文章で、徳川家康の「人の一生は重き荷を負ひて遠き道を行くが如し。急ぐべからず」という遺訓の典拠にもなっている。その重き荷とは、曾子には仁であり、諸葛亮には北伐とその結果としての「聖漢」の「大一統《だいいっとう》」であった。

ただし、この文章はそれが「成功するか失敗するか、勝利を得るか敗北するかは、わたしの洞察力では予測できるものではありません」と終わる。「草盧対《そうろたい》」に見られた圧倒的な自信は影をひそめ、「出師の表」に見られる強い決意も全面的には展開されない。

繰り返されるのは、高祖劉邦《こうそりゅうほう》、劉繇《りゅうよう》と王朗《おうろう》、曹操《そうそう》、関羽《かんう》の失敗例と、趙雲をはじめとする失った精鋭部隊への嘆きである。陳寿が、これを『諸葛氏集』にも『三国志』にも収録しなかった理由は、全体に立ち込める悲壮感にあろう。

それでも、諸葛亮の「聖漢」による「大一統」の志が、折れることはなかった。幾多の困難を掲げながらも、そして成功への確信が持てなくとも、それは死ぬまでその重任を担い続けねばならない理想であった。「聖漢」の滅亡時に生まれた諸葛亮の運命と言い換えてもよい。諸葛亮は、病に冒された身体に鞭打って、漢中を拠点に北伐を続けた。しかし、病魔には勝てず、持久戦を強いる司馬懿《しばい》の前に、建興十二（二三四）年、諸葛亮は陣没したのである。

漢は、ローマ帝国とよく比較される。ほぼ同時期に存在した同規模の古代帝国であるためだけではない。「すべての道はローマに通ず」という言葉があるように、ヨーロッパの文化はすべてローマを源流とする。同様に、中国文化の原基もまた、漢で定まった。漢とローマは、それぞれ中国とヨーロッパの「古典」古代なのである。

したがって、漢の復興にすべてを賭けた諸葛亮は、中国の「古典」を守ろうとした者と位置づけられ、朱子《しゅし》をはじめとする歴代の評価はきわめて高かった。規範としての「漢」の重要性の故に、漢の復興を目指した諸葛亮は評価され続けていく。

誡子書《かいししょ》

そもそも君子の行いというものは、(心を)静かにして身を修め、(身を)慎んで徳を養うものである。あっさりして無欲でなければ志を明らかにすることはできないし、安らかで静かでなければ遠方まで思いを到達させることができない。学問は、心を静かにして行うべきで、才能は学ぶことによって開花する。学ばなければ才能を生かすことができないし、志がなければ学問を完成することはできない。怠《おこた》りなまけたならば、精神を磨くことはできないし、心の平静を失えば性情を治めることもできない。歳月は刻々と過ぎ去り、意志も日々に弱まっていき、ついには体が衰えてしまい、世の中との関わりを持てなくなってしまう。そうなってから、孤独な貧しい暮らしを悲しんだところで、取り返しがつこうか。若いうちから学問に励むべきなのである。

『藝文類聚』巻二十三 人事

浙江《せっこう》省蘭渓《らんけい》市の諸葛《しょかつ》村には、諸葛亮の子孫と称する諸葛姓の人々約四千人が、現在も諸葛亮の「誡子書《かいししょ》」[諸葛亮が子に与えた教えの書]に従って暮らしている。村の幼稚園や小学校では誡子書が暗唱され、村人は何よりも教育を大事にしている。村には、明清《みんしん》時代の多くの建造物が残り、中央には陰陽《いんよう》を象徴する池がある。それを中心に諸葛亮の八陣図《はちじんのず》にちなんで八卦《はっけ》の名称の付けられた居住地域が広がっている。諸葛八卦村と呼ばれる理由である。諸葛亮の誡子書は、朱子《しゅし》が編纂した『小学《しょうがく》』外篇嘉言《かげん》第五立教にも、「諸葛武侯 子を戒《いまし》むるの書」として収録されている。

君子の行いは、心を清くして身を修め、精神を引き締めて徳義を養うものである。あっさりとして無欲でなければ、志を明らかにすることはできないし、安らかで静かでなければ、考えを深めることもできない、と説くこの文章は、誡子書の中でも有名な冒頭の部分で、「あっさりとして無欲」［原文は澹泊《せんぱく》］、「安らかで静か」［原文は寧静《ねいせい》］という表現に、諸葛亮の思想が現れている。

諸葛村（入口には，諸葛亮像が聳え立つ）

一般に、志を立てると、がむしゃらに前に進んでいこうとするものであるが、学問は心を静かにして行うべきである、という。欲に溺《おぼ》れると志が濁り、静かに考えなければ先を見通すことができないからである。

劉備に仕えてからの諸葛亮は、それこそ東奔西走、一日の休みもなく働き続けた。諸葛亮のあまりの激務を見かねた部下が、「すべての仕事を気にかけることはお止め下さい」と進言したことがある。自分を心配してくれる部下の言葉に、諸葛亮は喜び、感謝をしたのだが、結局はすべての仕事をこなし続けた。「聖漢」による「大一統」を実現しなければならない、という責任感が、諸葛亮を駆り立てたのである。

しかし、劉備に仕える以前の諸葛亮は、襄陽《じょうよう》で晴耕雨読の日々を送りながら、荊州学を究《きわ》めようとしていた。その静かで充実した学問の日々の重要性、これを諸葛亮は子孫たちに伝えたかったのであろう。

第七章　夜中　寐ぬる能はず

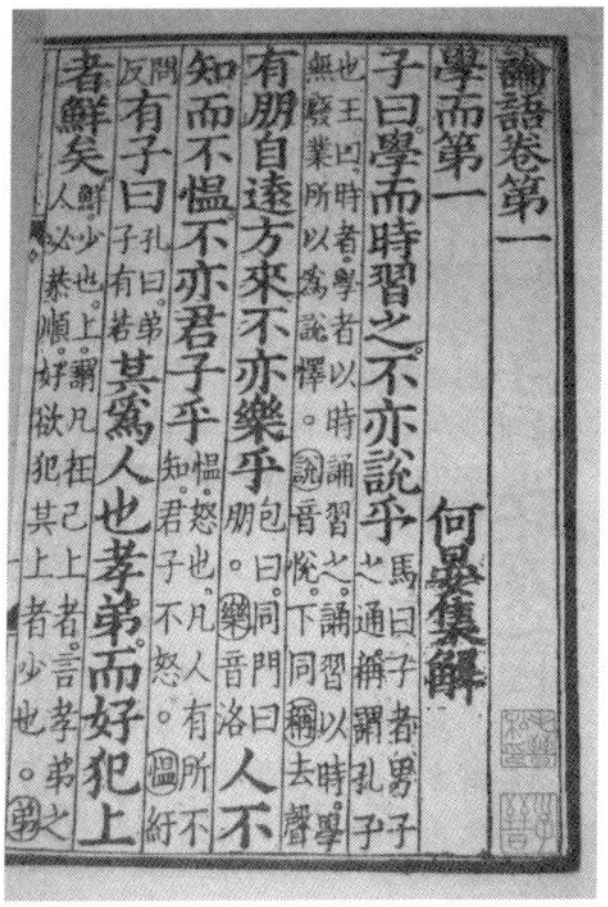
論語卷第一
學而第一　何晏集解
子曰學而時習之不亦說乎馬曰子者男子之通稱謂孔子也王曰時者學者以時誦習之誦習以時學無廢業所以為說懌。說音悅下同稱去聲
有朋自遠方來不亦樂乎包曰同門曰朋。樂音洛人不
知而不慍不亦君子乎慍怒也凡人有所不知君子不怒。慍紆問反
有子曰孔曰弟子有若其為人也孝弟而好犯上
者鮮矣鮮少也上謂凡在己上者言孝弟之人必恭順好欲犯其上者少也。弟

何晏『論語集解』

完存する最古の『論語』である。本文の大字に双行の小字で何晏の集解が附されている。

1　浮き草の貴公子

諸葛亮を防いだ司馬懿《しばい》の勢力が強大化すると、明帝《めいてい》は、景初《けいしょ》元（二三七）年、司馬懿に遼東《りょうとう》半島の公孫氏討伐を命ずる。諸葛亮を防ぐために率いていた大軍を、司馬懿が首都洛陽《らくよう》の近辺で持ち続けることは脅威であったためである。翌景初二（二三八）年、司馬懿は遼東半島に出陣する。司馬懿を遼東に追いやっている間、明帝は司馬氏に備えて皇帝権力の強化を図るはずであった。ところが、明帝は病魔に冒される。

そのころ司馬懿は、公孫氏を殲滅《せんめつ》していた。遼隧《りょうすい》で待ち受ける公孫淵《こうそんえん》の裏をかいて、司馬懿は本拠地の襄平《じょうへい》に突き進む。折からの雨で遼水《りょうすい》があふれても、司馬懿は陣営を動かさず、時を待ち続けた。雨がようやくあがると、司馬懿は一気に攻めたて襄平城を陥とし、公孫氏を滅亡させた。

意気揚々と引きあげる司馬懿に重大な知らせが届く。明帝が危篤に陥ったという。臨終に間に合った司馬懿とともに、明帝は、曹爽《そうそう》に後事を託す。

明帝の急死により、司馬懿を抑え込む大役は、曹爽に委ねられた。幼帝の曹芳《そうほう》を輔佐した曹爽は、司馬懿を中核とする名士勢力が、君主権力を凌《しの》ぐほどの力を持つに至った現状の打開を図る。具体的には、自派の何晏《かあん》・夏侯玄《かこうげん》・丁謐《ていひつ》らを行政の中心に配置し、中央集権的な政治を目指した。

何晏は、曹爽政権の中心として人事を担当するとともに、文学にも新たな風を吹き込ませた。

曹植を規制していた儒教の束縛から、文学を解放する際に大きな役割を果たす玄学《げんがく》を創始したのである。

それ以前より何晏は、曹操から文学的才能を評価されていた。何晏は、宮中で育った貴公子である。ただ、真の意味での貴公子ではない。何晏の母尹氏は、後漢の外戚何進《かしん》の子である何咸《かかん》に嫁いで何晏を儲《もう》け、何咸の死後、曹操の第五夫人となった。何晏は連れ子なのである。しかし、何晏の才能は、兵書の解釈に困った曹操が試しに幼少の何晏に尋ねると、澱《よど》みなく疑問を解決するほどであった。白粉《おしろい》を塗ったかと見紛《みまが》うばかりのその容貌と相俟《あいま》って、何晏は養子に請われるほど曹操から寵愛された。当然、実子からは目の敵にされる。中でも嫡長子の曹丕は、何晏を卑しみ氏名ではなく常に「仮子《かし》」と呼び、その著『典論』に、何進ののち何氏は滅んだ、と書き記している。

何晏は、文学でも才能を発揮した。鍾嶸《しょうこう》の『詩品』は、何晏を曹丕・応璩《おうきょ》・嵆康《けいこう》らと同列の「中品」に位置づけている。高い評価と言えよう。しかし、詩人間のサークル活動と評されるほど相互の応酬詩《おうしゅう》の多い「建安の七子」や「三曹」の詩文において、何晏との係わりを示す史料はない。意図的に排除されたのである。したがって、その詩も二篇しか残っていない。

鴻鵠比翼遊　　鴻鵠《こうこく》　翼を比《つら》ねて遊び
群飛戯太清　　群飛《ぐんぴ》し　太清《たいせい》に戯《たわむ》る

常畏大網羅
憂禍一旦并
豈若集五湖
従流唼浮萍
永寧曠中懐
何為怵惕驚

常に畏《おそ》る　大網《たいもう》に羅《かか》り
憂禍《ゆうか》　一旦《いったん》に并《あわ》さらんことを
豈《あ》に若《し》かんや　五湖に集《つど》ひ
流れに従ひ　浮萍《うきくさ》を唼《くら》はんには
永寧《えいねい》　中懐《ちゅうかい》を曠《ひろ》くし
何為《なんす》れぞ　怵惕《じゅつい》して驚く

『世説新語』規箴　第十　注引『名士伝』

天高く飛翔する鴻鵠《こうこく》［大きな鳥］、それは賢人・俊士の比喩である。さらに具体的には、鴻鵠の群とは曹丕と「建安の七子」であるという。かれらの危険性を指摘しながらも、その華やかさを羨《うらや》み、それを見上げながら浮萍《うきくさ》を食《は》む静寧な暮らしを善しとせざるを得ない自分。あるいは浮萍は、何晏その人であった。

また、太清《たいせい》とは、道そして天道、転じて天をいう。その典拠は、『荘子《そうじ》』天運篇である。何晏が創始した玄学とは、「三玄《さんげん》」と呼ばれた『易《えき》』・『老子《ろうし》』・『荘子』に兼通することを特徴とする。何晏の老荘理解が新しいのは、儒教の枠内において老荘思想を再編したことによる。後漢「儒教国家」の成立に伴う儒教の浸透により、儒教を文化の根底として身体化した上で老荘を語る何晏は、諸子百家期の老子・荘子とは異なり、儒教への攻撃性を本来的に保有しない。そのため何晏は、『老子』や『易』による解釈を特徴とする『論語集解《ろんごしっかい》』を著した。そのなかで何晏は、次のような注を付けている。

〔本文〕無為《むい》でありながら（国家が）治まる政治を行った者は、舜《しゅん》であろうか。
〔何晏集解〕（舜がそれぞれの）官に任命したものが（適任の）人であった。このため無為でありながら治まったのである。

『論語集解』衛霊公篇《えいのれいこう》

人を選ぶことを重要視する「舜の無為」こそ、何晏の政治理念の中核である。明帝期より曹魏は、漢が堯の子孫と称していたので、漢魏革命を堯舜《ぎょうしゅん》革命に準えて正統化するために、舜の後裔と称していた。曹魏の正統性を保証する舜は、『論語』に七例現れる。七例のうち、唯一衛霊公篇のみが、舜の政治の具体像に触れる。何晏は、ここの解釈を典拠に、曹魏の政治理念として中核にすべき「舜の無為」の重要性を説いたのである。

「無為」により国家を治める方法とは何か。何晏は、上奏文のなかで、「その身を正せば命令を下さなくとも（「無為」であっても）万事は遂行される。舜は禹《う》を戒めて親近する者を慎しむように言った」（『三国志』巻四　斉王芳紀《せいおうほうき》）と述べ、「正人を択《えら》」ぶ重要性を主張している。すなわち、何晏は『論語』衛霊公篇の「舜の無為」を論拠に、『老子』の「無為」の思想を取り入れた国家支配の中央集権化を図り、そのための具体的な施策として、人材登用の一元化を主張したのである。こうした何晏の政策の背景には、人事権をめぐる司馬氏との激しいせめぎあいがあった。

何晏の「舜の無為」を政治方針とする曹爽は、何晏を人事権を管掌する吏部尚書《りぶしょうしょ》に就任させた。何晏は、玄学に秀でる王弼《おうひつ》を評価し推挙するなど、新たな文化的価値である玄学を尊重する人事を行う。人事権を管掌している吏部尚書となった何晏の影響力は大きい。司馬懿の子である司馬《しば》師《し》もまた玄学を修め、何晏の評価を受けにくるほどであった。かつて曹操が文学を人事基準に据えたとき、司馬懿は作詩を学んだ。それと同じ状況である。

「舜の無為」は、人事の中央集権化を理想としていた。その具体策は、何晏の盟友であった夏《か》侯玄《こうげん》の九品中正《きゅうひんちゅうせい》制度改革に示される。夏侯玄の改革案は、郡中正には人物評価のみを行わせることにして、人事権を尚書《しょうしょ》台に一元化しようとするものであった。尚書台は、人事を管掌する吏部尚書に何晏が就いていたことをはじめ、曹爽一派が掌握している。夏侯玄の改正案は、人事権を曹爽に掌握させることを目指したものであった。これは、陳羣《ちんぐん》が名士の名声を郷品に反映する制度として成立させた九品中正制度の名士に有利な部分を覆そうとする改革である。当然、司馬懿は反感を持ったが、軽々しく行動は起こさず、曹爽政権の諸政策の行方や政権内の名士の動向を観察していた。

司馬懿は、諸葛亮の北伐を防ぎ、遼東の公孫氏を滅ぼすという軍功により、その名声を高めてきたが、本来の支持基盤は名士層にあった。夏侯玄の九品中正改革案は、名士の既得権を著しく損なうものである。そこで、司馬懿は、自らも九品中正制度の改正策を提示する。州大中正《しゅうだいちゅうせい》の制である。これにより、名士の既得権を保証し、曹爽への名士の反発を束ねて、権力の奪回を目指したのである。

曹魏の九品中正制度では、郡中正が就官希望者に二品から九品までの郷品を与えていた。これに対して、州大中正の制は、それまでの郡中正の上に、州大中正という官を設置し、郷品の決定権を州大中正に付与するものである。これは、州大中正に就くことが可能な潁川《えいせん》グループなど、既得権を有する名士が、人事に対して一層大きな発言権を持つことになる制度である。事実、孫の司馬炎《しばえん》が建国する西晉では、州大中正の制と五等爵制《ごとうしゃくせい》とが結合することにより、貴族制が成立する。西晉以降の貴族制は、司馬氏が君主権力との対抗のなかで、名士層の支持を得るために制定した州大中正の制を背景に、五等爵制により国家的身分制として成立するものなのである。

曹爽による名士の既得権抑圧に対して、司馬懿はやがてクーデタを起こした。正始《せいし》の政変である。皇帝の曹芳《そうほう》が明帝の高平陵《こうへいりょう》へ墓参するため外出すると、曹爽は兄弟とともにお供として従った。司馬懿は、この隙を見逃さなかった。郭皇太后《かくこうたいごう》に曹爽兄弟の解任を上奏し、許可されると皇太后の令により、洛陽城内のすべての城門を閉鎖、皇帝直属の軍隊である禁軍《きんぐん》の指揮権を掌握する。さらに皇帝を迎えるため、洛水《らくすい》のほとりに布陣し、曹爽を弾劾する上奏文を皇帝に奉った。

曹爽の腹心である桓範《かんぱん》は、決戦を主張した。しかし、免官のみに止めるという甘言に負けた曹爽は、戦わずして降服する。司馬懿は、わずか一日の無血クーデタにより、政権を奪取したのである。もちろん、曹爽との約束は反故《ほご》にされ、曹爽・何晏らは殺害される。以後も、反司馬氏勢力の排除は続き、司馬氏への権力集中が進んでいく。こうした動向を他の名士が黙認した理由は、司馬懿が提出していた州大中正の制への支持にある。

司馬懿への抵抗がまったく無かったわけではない。王淩《おうりょう》の乱はその一つである。王淩は董卓を打倒した司徒王允《おういん》の甥にあたり、司馬懿の兄である司馬朗《しばろう》とも交友関係にあった。司馬懿より七歳年長の曹魏の旧臣である。しかし、王淩は曹爽に見込まれて、その大将軍長史《だいしょうぐんちょうし》（曹爽の大将軍府の属官の長）に就いており、それへの報復を恐れたのであろう。曹氏一族の曹彪《そうひょう》を擁立して、皇帝の曹芳もろとも司馬懿を亡《な》き者にしようと謀ったという。計画は密告され、王淩は処刑される。こうして曹魏の朝廷は、完全に司馬懿に制圧されていく。

2　飛翔する表現

何晏の玄学は、阮籍《げんせき》・嵆康《けいこう》ら後世「竹林《ちくりん》の七賢《しちけん》」と呼ばれた人々に継承される。しかし、かれらは何晏とは異なり、権力を掌握する側ではなく、権力を掌握する司馬氏への抵抗の論拠として玄学を用いた。それは、君主の悪行を正統化してまで生き残りを図る儒教に対して行われた知識人の抵抗とも位置づけられる。また、政治から排除されたかれらは、文学に生の証を求めていく。

阮籍が父阮瑀《げんう》を失ったのは、建安十七（二一二）年、阮籍は三歳になっていた。当時、二十六歳であった曹丕《そうひ》は、阮瑀が残した妻子へ向けた曹丕の哀悼の思いが満ちる「寡婦賦《かふふ》」を著した。阮瑀もその一翼を担った建安文学は、応酬詩《おうしゅう》が多く、相互の心情的な結びつきも強かった。阮籍は三歳にしてすでに、その政治的立場において「曹室派」に組み込まれたと考えてもよい。

　文帝の子、明帝が崩じて八歳の曹芳《そうほう》が即位すると、蔣済《しょうさい》の辟召を受けた阮籍は、一族の説得で官に就かざるを得なくなった。舜《しゅん》を曹室の祖先と直接位置づける高堂隆《こうどうりゅう》に対して、蔣済は曹室の先祖を邾氏《ちゅし》に求めてこれに反対し、さらに進んで鄭玄の『礼記《らいき》』注をも批判していた。蔣済は文武の才に秀でた名士として司馬懿派の中核をなし、曹爽を打倒した正始《せいし》の政変の際には、司馬懿とともに洛水《らくすい》の浮橋に駐屯して曹爽に降伏を迫った人物なのである。阮籍は一旦辟召《へきしょう》に応じた後、病と称して官を去った。死去まで続く阮籍の韜晦《とうかい》はこれより始まる。

　曹室の権力再編をめざす曹爽政権からも、お呼びが掛かる。曹爽から辟召を受けたのは正始八（二四七）年、曹爽が失脚する二年前のことである。前年、蜀漢への西征に失敗した曹爽は、政権維持のため、より専制の度合いを強めていた。阮籍への辟召も、曹室派強化の一環と考えてよい。一度は応じた阮籍であったが、一年足らずで政権から離れた。しかし、曹室の権力再編をめざす曹爽政権と「三歳から曹室派」の阮籍とが、関わりを持たないはずはない。阮籍は何晏の盟友である夏侯玄《かこうげん》と親しかった。正始の政変で曹爽が打倒され、やがて司馬師により夏侯玄も誅殺されると、危険が身近に迫ってくる。夏侯玄に接近していた姻戚の許允《きょいん》は罪に陥れられた。切迫した状況の中で、阮籍の韜晦は加速される。

正元《せいげん》二（二五五）年、司馬昭は、息子の司馬炎のため阮籍に通婚を求めようとした。夏侯玄を誅殺した李豊《りほう》事件の後に、反司馬氏の勢力を結集させないため、司馬昭が打った布石の一つである。嫌悪する司馬昭に重用されそうになった阮籍は、六十日間も酔いつぶれて、司馬昭に話を切り出させなかった。みごとな韜晦である。「天下の至慎《ししん》」、これが司馬昭の阮籍評である。阮籍は鬱屈した思いを詩に託す。「詠懐詩」である。

詠懐詩　　　　阮籍

夜中不能寐　　夜中　寐《い》ぬる能はず
起坐弾鳴琴　　起坐《きざ》して鳴琴《めいきん》を弾《だん》ず
薄帷鑑明月　　薄帷《はくい》　明月を鑑《てら》し
清風吹我襟　　清風　我が襟《えり》を吹く
孤鴻号外野　　孤鴻《ここう》　外野《がいや》に号《な》き
翔鳥鳴北林　　翔鳥《しょうちょう》　北林に鳴く
徘徊将何見　　徘徊《はいかい》して将《は》た何をか見ん
憂思独傷心　　憂思《ゆうし》　独り心を傷《いた》ましむ

『文選』巻二十三　詠懐

この詩が詠まれた時期は明らかではない。しかし、この時期の阮籍の魂の呻吟《うめき》を余すことなく表現している。夏侯玄が殺された翌年、すなわち司馬昭から通婚を迫られていた正元《せいげん》二（二五五）年、阮籍は母を失った。六十日間酔いつぶれて司馬昭との通婚を避けているうちに、最も大切な母親を失ったのである。悲しみは深く怒りは強い。

阮籍はここに至り、公然と儒教に反逆する。それを表現したものが、「大人《たいじん》先生伝」である。

大人先生伝

あるひとが大人先生に書簡を送って、「天下の貴いものは、君子より貴きものはない。……」といった。大人先生は、「……むかし天はかつて下にあり、地はかつて上にあったという。反覆・転倒して安定していなかった。……かつ、あなたは見ていないのか、あの虱《しらみ》が褌《ふんどし》のなかに処ることを。……あなたがいう君子の礼法は、まことに天下の残りかすの賤しいものであり、乱や危険や死の手段となるだけものである」と。

『阮嗣宗集《げんしそうしゅう》』巻上

天地が逆さまになるような価値観の転倒の中で、ただ儒教を守る君子は、褌の中に居心地よく身をおく虱でしかなく、その礼法は身の破滅を招くだけである、と阮籍は儒教を激しく糾弾する。また、『荘子《そうじ》』の「真人《しんじん》」による隠者への批判をそのまま論理的に継承し、「隠士《いんし》」が世を避けることは、自己肯定と名誉欲のためであり、万物斉同《ばんぶつせいどう》［万物は道の観点からみれば等価である、という『荘子』の思想］の立場からは、無意味なことと述べる。さらに、時節を待つ「薪者《しんしゃ》」に対しては、ある程度の共感を示しながらも、その限界を指摘する。「薪者」の限界は、日常的・現実的自我の超越、あるいは救済の契機としての「時」を超えられなかったことに置かれる。

そうしたなかで、大人先生は、時空を超えて自らの世界に飛翔していく。

（大人先生は）まっすぐに太初《たいしょ》の中を駆け抜け、無為《むい》の宮殿に休息した。太初とは、どのようなところか。それは、後ろもなく、前もなく、その果てを極めることもできず、誰もその根源を知ることはできない（ところである）。太初は、はるか彼方にまで綿々と続き、さらに反転するのであろうか。そこには大道《たいどう》が存在しているが、その極致には達することができない。

『阮嗣宗集《げんしそうしゅう》』巻上

「太初」は、現実の生成以前であり、「その果てを極めること」ができず、誰も「その根源を知ること」ができない生成を超える時のことである。大人先生は、時を超えて自由にその中を飛翔する。そこは、「大道」［大いなる自然の道］の存在するところであるが、その極致に到達することはできない。それでも、「太初」を行き来することにより、心は無限のかなたに周流し、志《こころざし》はひろびろと広がり解き放たれる。このように、大人先生は、時間、さらには空間を超越することにより、心と志を解き放つ理想郷に到達することができた、と阮籍は表現するのである。

大人先生が時空を超えて飛翔したのは、司馬昭の圧迫のもと、自己が自己として生きることのできない人間疎外《そがい》の状態を克服して、人間としての真実の生を確立するためであった。『荘子』の理解と自らの思索を通じて、阮籍は現実の桎梏《しっこく》からの解放を「大人先生伝」という表現の中に打ち立てたのである。

しかし、現実世界は、大人先生が「虱《しらみ》」にたとえる礼教の君子たちに占められている。さらに、「虱」の群れは、阮籍に内なる自律性を捨て、外在的な君主権力へ屈伏することを要求する。

景元《けいげん》二（二六一）年八月、阮籍は司馬昭を晋公《しんこう》に勧進《かんじん》するための文章を代作することを迫られた。司馬氏に諂《へつら》う鄭沖《ていちゅう》たちに、司馬氏への屈伏を要求されたのである。阮籍は、曹操を魏公へと勧進した荀攸《じゅんゆう》らの「勧進魏公牋《かんじんぎこうせん》」を典拠とした上で、新たな部分を付け加えた勧進文を執筆する。

為鄭沖勧晉王牋（鄭沖《ていちゅう》の為に晉王に勧める牋《せん》）
いま大魏の徳は、唐《とう》［堯《ぎょう》］・虞《ぐ》［舜《しゅん》］より輝き、明公［司馬昭］の盛んな勲功は、桓公《かんこう》・文《ぶん》公《こう》を超えるものです。それでもなお（舜が）滄州に臨んで支伯に（天下を）譲ることを告げ、（堯が）箕山《きざん》に登って許由《きょゆう》に挨拶し（て天下を譲ろうとし）たように（司馬昭が天下を譲ろうと）すれば、まことに盛んなことでしょう。（これだけの勲功を持ちながら天下を譲ろうとすることは）至公・至平という点で、誰が並ぶことができるでしょうか。

『文選《もんぜん》』巻四十　為鄭沖勧晉王牋

阮籍は、司馬昭が魏晉革命のために晉公となることを勧進する文章において、子州支伯《ししゅうしはく》と許由という禅譲《ぜんじょう》を拒否した二人の事例を掲げる。中でも、子州支伯という舜からの禅譲の辞退者は、荀攸らの「勧進魏公牋」では言及されない故事であり、ここに阮籍の思いが集約されている。表面的に読めば、禅譲は「至公・至平」である、と述べている文章であるが、子州支伯はその禅譲を受諾していない。つまり、舜の後裔である曹魏からの禅譲を子州支伯のように辞退すれば、この上もない「至公・至平」であると、阮籍は司馬昭の即位を牽制しているのである。君主権力からの自律性により高い名声を持つ名士の阮籍を禅譲劇に利用し、その自律性を君主権力へと収斂しようとする司馬氏側と、権力からの自律性を貫こうとする阮籍との厳しいせめぎあいをここに見ることができよう。

表現者としての阮籍は、司馬昭に一歩も引かない自律性を発揮することができた。しかし、現実世界には、阮籍の内面的な真実の赴《おもむ》くままに生きるべき「道」はすでになかった。

阮籍は時に思いのままに一人で車を走らせ、道筋によらず、車がこれ以上進めなくなったところで、慟哭《どうこく》して帰った。

『三国志』巻二十一　王粲伝附阮籍伝注引『魏氏春秋』

阮籍が生きる「道」は、どこも行き止まりであった。そのため、大人先生伝において、表現だけでも飛翔させたのである。阮籍の魂は、現実世界と内面の真実との間で苦しみ、呻吟を続けた。景元《けいげん》四（二六三）年、魂が永遠の安らぎを得た時、阮籍は五十四歳であった。司馬昭の子である司馬炎が西晋を建国する、二年前のことである。

3　表現者の抵抗

阮籍の友人で、同じく「竹林の七賢」の一人とされる嵆康《けいこう》も、権力と対峙した思想家である。嵆康は、譙国銍県《しょうこくちつけん》の出身で、早くに死別した父の嵆昭《けいしょう》は、曹魏の督軍糧侍御史《とくぐんりょうじぎょし》であった。これは、軍糧の監察という君主からの信頼を重視される官職で、曹室と同郷であることが、信頼の源となったのであろう。家は代々儒教を学び、嵆康も幅広い学識を持ち、長じてからは玄学《げんがく》を愛好した。嵆康は、やがて沛王曹霖《はいおうそうりん》の娘をめとり、中散大夫《ちゅうさんたいふ》に任命される。曹霖は、金郷公主《きんきょうこうしゅ》とともに、曹操の夫人尹氏《いんし》を母とする。金郷公主は、何晏《かあん》の妻であった。玄学《げんがく》の創始者で、吏部尚書《りぶしょうしょ》として曹爽《そうそう》政権を支えた何晏と、そして何よりも曹室と、嵆康は近しい姻戚なのである。

正始《せいし》十（二四九）年、司馬懿《しばい》により曹爽・何晏が誅殺されると、嵆康は河内郡山陽県《かだいぐんさんようけん》に移り、ここで世に言う「竹林の遊び」を行った。「遊び」と称された儒教に反する隠逸行為は、何晏との姻戚関係を持つ嵆康が、政治から距離を置くための韜晦《とうかい》としての側面を持つ。それも、甘露《かんろ》四（二五九）年には終わり、嵆康の身辺は騒がしくなる。司馬昭による皇帝曹髦《そうぼう》殺害の翌景元《けいげん》三（二六二）年、嵆康は出仕を勧める親友の山濤《さんとう》に「絶交書《ぜっこうしょ》」を執筆する。そこでの主張は、後に検討しよう。

景元四（二六二）年、嵆康はついに司隷校尉《しれいこうい》の鍾会《しょうかい》に陥《おとしい》れられる。鍾会は、司馬昭に、「嵆康は臥龍《がりょう》です。起たせてはなりません。嵆康は（曹室を守るため、司馬氏に武力で抵抗した）毌丘倹《かんきゅうけん》を助けようとし、山濤に止められていました。嵆康は勝手な議論で、儒教経典《けいてん》を批判しております」と讒言《ざんげん》した。阮籍を許した司馬昭であったが、嵆康を許すことはなく、嵆康は刑死する。嵆康をたとえた「臥龍」とは、諸葛亮のことである。鍾会たちは、嵆康の何に臥龍と表現するほどの脅威を感じたのであろう。

嵆康の作品の中で、司馬昭に最も邪魔となったものは、山濤《さんとう》への「絶交書」である。「絶交書」は、信頼する山濤に向けての絶交書という形を取りながら、「時を矯《ただ》す」ための自己表現を行ったものだからである。その内容は、魏晋革命《ぎしんかくめい》およびそれを積極的に正統化する儒教を否定するものであった。

嵆康は、「絶交書」の中で、自分が官僚になれない理由として、七つの堪《た》えられないこと、二つのできないことがあるのに、山濤が官僚となって司馬氏に屈伏せよ、と言うことに対して絶交をする、と述べ、その理由を列挙していく。

七つの堪えられないことの一・二は、官に就くことにより自由が奪われること、三から五は、官僚として礼に従うことの不自由、六・七は俗人・俗事と関わることの不快が挙げられる。しかし、かつて嵇康は中散大夫《ちゅうさんたいふ》に任官しており、就官を拒否し続ける隠者のような言い訳に説得力はない。これに対して、二つのできないことは、正面から革命と儒教を批判する内容を持つ。

与山巨源絶交書（山巨源《さんきょげん》に与える絶交書）

また（わたしは）常に（殷の）湯王《とうおう》と（周の）武王《ぶおう》を非難し、周公旦《しゅうこうたん》と孔子《こうし》を軽蔑しております。もし世間に出て、この態度を改めずにいれば、儒教から容認されることはないでしょう。これが（官に就くことが）できない一つ目の理由です。（さらに、わたしは）強情で不正を憎み、軽率で思ったままを述べ、何か事があると、すぐに自分の意見を申し立てます。これが（官に就くことが）できない二つ目の理由です。

『文選』巻四十三　書　与山巨源絶交書

嵇康は、一つ目の理由として、「湯王・武王を非難し、周公旦と孔子を軽蔑する」と断言するが、どのような論拠で、周公と孔子という儒教を代表する聖人を批判するのであろうか。「絶交書」が書かれた景元《けいげん》二（二六一）年は、司馬昭により皇帝の曹髦《そうぼう》が殺害された翌年にあたる。魏晋革命は目前に迫っていた。嵇康の聖人批判は、革命に対する歴史認識に基づく。嵇康は、「答難養生論《とうなんようせいろん》」の中で、「天下を以《もっ》て公《こう》と為《な》す」ことを理想的な政治理念として掲げている。嵆康の歴史認識の出発点は、この言葉の典拠である『礼記《らいき》』礼運《らいうん》篇という儒教経典である。『礼記』礼運篇は、君主の地位が禅譲されていた理想の大同《だいどう》の世は、「天下を以て公と為」したと述べている。ここまでは、『礼記』と嵆康の歴史認識は同じである。こののち、『礼記』礼運篇は、放伐《ほうばつ》［武力革命］により前王朝を打倒し、「天下を以て私と為」す世襲王朝の時代が始まるが、殷《いん》の湯王《とうおう》・周《しゅう》の武王《ぶおう》など礼に基づいた政治を行った六人の治世は、小康《しょうこう》の世と呼ぶべき次善の世の中であったとする。

これに対して、嵆康は君主の世襲を全否定する。その思想は、『荘子』に基づく。『荘子』秋水《しゅうすい》篇は、『礼記』が「天下を公と為す」と高く評価する禅譲《ぜんじょう》という革命形式が正しいのではなく、堯・舜のそれがたまたま成功したに過ぎないことを、燕王の噲《かい》がその宰相である子之《しし》に禅譲して国を滅ぼした事例を挙げて論証する。また、『礼記』が「天下を私と為す」として次善とする湯王・武王の放伐も、楚の白公《はくこう》の放伐失敗を挙げることで、正しくないことを論証する。儒教が堯・舜や殷の湯王や周の武王を賛美し、それ以外を簒奪《さんだつ》と批判する価値基準は、「万物斉同《ばんぶつせいどう》」の立場からは無意味であり、「簒夫《さんぷ》」「義徒《ぎと》」といった価値や反価値も存在しない、と『荘子』は説いているのである。

これに基づいて嵆康は、世襲王朝になった後には、小康の世と呼びうるように体制が安定することはなく、臣下が簒奪を行うようになったと主張する（『嵆康集校注』太師箴《たいししん》）。そこでは、臣下として簒奪をするという意味において、殷の湯王も周の武王も、そして司馬氏も同じである。湯王も武王も、武王を助けた周公旦《しゅうこうたん》も、『礼記』礼運篇の語り手である孔子も、世襲王朝の創始者あるいはその擁護者として批判の対象となる。ましてかれらに劣る司馬氏が革命をしてよいはずはない。「絶交書」の「湯王・武王を非難し、周公旦と孔子を軽蔑する」という一文は、儒教を利用したすべての革命を否定しているのである。魏晋革命を目指す司馬昭には、許すことができない言辞であった。

　曹操の文学は、現実世界における権力の正統性の主張であった。これに対して、嵇康の文学は、曹操のように直接的に志《こころざし》を表現することはない。その内容が、儒教や国家の正統性を脅かすものだからである。それでも、嵇康は志を言うことを止めなかった。言志《げんし》派と称される所以である。嵇康は「家誡《かかい》」のなかで、「人は志がなければ人ではなく、言語により表現することが志を示すための唯一の方法である」と、子の嵇紹《けいしょう》に伝えている。司馬氏の圧迫のなか、政治的に自己を表現できない嵇康は、志の行く場所を、自己が自己である場所を、文学に求めたのである。

　鍾会《しょうかい》の讒言《ざんげん》と曹室との血縁関係により、嵇康の表現の場所は潰されていく。それでも刑死の直前まで、嵇康は志を言い続けた。刑死に臨んで著した「幽憤詩《ゆうふんし》」のなかで、嵇康は、形而上学《けいじじょうがく》を述べて観念のなかに沈潜しようとはしない。むしろ、沈潜できない感情、哲学では癒《いや》されない感情の処理を表現を通じて行っていく。自己の志の行き着く場を求めて表現し続け、已《や》むことのない嵇康の文学がそこにある。嵇康こそ政治や儒教から言葉の純粋性を取り出した人物であった。

曹操の文学のように、政権の正統性を述べ立てるのではなく、自己の内面を見つめ、自省《じせい》する文学、両晋南北朝の貴族が規範とする文学の一つが、ここに誕生したのである。

嵇康は、曹魏的諸価値を受容・深化することで、名士から成長する貴族の文化の志向性に大きな影響を与えた。西晋に成立する貴族は、やがて「四学三教《しがくさんきょう》」（儒学・史学・玄学・文学、儒教・道教・仏教）の兼修を尊重するに至るが、そのうち、玄学・文学の確立に嵇康が関わる。曹魏的諸価値とは、後漢「儒教国家」への反定立として曹操が打ち出した文学の宣揚、名士の価値基準の中心にあった儒教への挑戦、何晏が中央集権化のために打ち出した玄学を指す。これらの曹魏的諸価値は、初発形態としては、君主権力側が有していたものであった。

嵇康は、これらの文化を深化させ、自己の志を君主権力から自由な「場」に確保した。精神の自律の「場」において、自己の志を玄学の尊重した「自然」のままに表現し続けることにより、体制秩序を正統化している儒教を批判し、君主権力に対する自律性を確保しようとしたのである。

こうした権力に対する自律性を鍾会は、そして司馬昭は恐れた。曹魏的諸価値を継承し、文学・玄学を君主権力の側から貴族の存立基盤へと移行することに大きな役割を果たした嵇康は、曹魏最大の脅威であった「臥龍」諸葛亮に準えられて殺害されたのである。

第八章　詩は情に縁る

石頭城

南京に残る孫呉の首都建業の城壁跡である。石碑の上の顔のような形をした部分は「鬼臉」［幽霊］と呼ばれている。

1　孫呉滅亡の理由

夷陵《いりょう》の戦いで、劉備を破った陸遜《りくそん》は、孫呉の柱石であったが、孫権によって死に追い込まれた。その背後には、陸康《りくこう》族滅以来の江東《こうとう》名士と孫氏の君主権力とのせめぎあいが見え隠れする。

延康《えんこう》元（二二〇）年、後漢が滅ぼされ、黄初《こうしょ》元（二二〇）年に曹魏、章武《しょうぶ》元（二二一）年に蜀漢が建国されると、孫権は、やや遅れて黄龍《こうりゅう》元（二二九）年に皇帝に即位し、長子の登《とう》を皇太子とした。赤烏《せきう》四（二四一）年、登が卒すると、王夫人の子である三男の和《か》が皇太子とされた。ところが、王夫人は孫権の娘全公主《ぜんこうしゅ》と不和であったため、皇后に立てられず、やがて讒言《ざんげん》により憂死し、和への孫権の寵愛も衰えた。これに対して、同母弟の魯王覇《は》は、失意の和に代わって皇太子の地位を狙うようになった。こうして、孫権の晩年を揺るがす「二宮《にきゅう》の争い」と呼ばれる、皇太子和と魯王覇の後継者争いが始まったのである。

丞相《じょうしょう》であった陸遜は、儒教に基づき皇太子を支持し、江東の名士も多くこれに賛同した。しかし、魯王派は、孫権の覇への寵愛を背景に強力であった。結局、孫権は、喧嘩両成敗の形を取って皇太子和を廃するとともに魯王覇に死を賜い、晩年の子である孫亮《そんりょう》を皇太子とした。この後継者争いにより、呉の臣下は大きな被害にあったのである。

直接的に二宮事件に関わりを持った太子太傅《たいしたいふ》の吾粲《ごさん》や朱拠《しゅきょ》、後には孫権に寵用されていた魯王派の楊竺《ようじく》までもが、責任を問われて誅殺された。それだけではない。呉を支えてきた丞相《じょうしょう》の陸遜は、甥の顧譚《こたん》・顧承《こしょう》や姚信《ようしん》らが、みな皇太子の懐刀《ふところがたな》になっていたと言いがかりをつけられ、憤りのあまり死去したのである。

陸遜の長子陸抗《りくこう》の母は、孫策の娘である。陸抗は、孫氏と呉の四姓の和解の象徴と言ってよい。丞相を父に持ち、君主の一族でありながら、陸抗の出世は遅れた。二宮事件が尾を牽《ひ》いていたのである。後に陸抗が建康《けんこう》で病を治療して任地に戻る際、孫権は涙を流して別れを惜しみ、「わたしは先に讒言《ざんげん》を信じて、君の父に対して大義に背くことをし、君に申し訳なく思っている。幾度も詰問の書状を送ったが、すべて焼き、他人に見せないで欲しい」と詫《わ》びた。二宮事件に際して、陸遜を死に追いやったことへの不満の高まりを見て、孫権は結局、楊竺《ようじく》を殺している。二宮事件は、国力を消耗させただけであった。こうした国力の衰退と幼い孫亮《そんりょう》に不安を懐きながら、孫権は崩御する。

孫権の憂慮は的中した。孫亮を担いだ諸葛恪《しょかつかく》の名士政権は、北伐の失敗により崩壊する。それを打倒した孫峻《そんしゅん》、その後に政権を握った孫綝《そんちん》は、名士に対峙的な政策を取り、これもまた批判を浴びる。孫綝を失脚させた孫休《そんきゅう》は、名士の尊重により、政権の安定を図った。しかし、国際情勢は逼迫《ひっぱく》していた。炎興《えんこう》元（二六三）年に蜀漢は曹魏に滅ぼされ、咸熙《かんき》二（二六五）年には曹魏も西晋《せいしん》に滅ぼされる。その間の永安《えいあん》七（二六四）年に孫休は卒し、すべての課題は孫晧《そんこう》に持ち越されたのである。

亡国の君主は、悪い話題にこと欠かない。孫晧も例外ではない。名士の殺害、校事《こうじ》（スパイ）制度の復活など、その悪行は枚挙に暇《いとま》がない。しかし、即位前の孫晧は、文学的才能にあふれる有能な人物であった。即位直後も、宮女を妻のない者に嫁がせ、武昌《ぶしょう》に遷都して中央軍の強化を図るなど、着々と中央集権化の施策を実行している。どうして暴君となり、滅亡を自ら招いたのであろうか。

滅亡の際、孫晧は臣下に書簡を示し、滅亡に至るまでの思いを吐露している。そこには、名士の殺害、校事の寵用といった自らの悪行への謝罪が連ねられ、才能を持ちながら君主権力の強大化に失敗した、孫晧のやるせない気持ちがにじみ出ている。名士を抑制して君主権力を確立できなかった者は、孫晧だけではない。孫晧が「大皇帝」と尊ぶ孫権ですら、張昭《ちょうしょう》を屈伏させられなかった。それほどまでに、名士は勢力を拡大し、君主は、もがいてももがいても権力を建て直すことができなかった。書簡では最後に、心置きなく西晋に仕えるべきことを助言している。「孫呉への忠誠心などを示さずに、新天地でその能力を十分に発揮して欲しい」と。

陸抗の子どもたちの対応は分かれた。長子の陸晏《りくあん》と次男の陸景《りくけい》は孫呉に殉《じゅん》ずる。その弟の陸《りく》機《き》・陸雲《りくうん》は西晋に仕え、文学の才能を張華《ちょうか》に高く評価された。二人は、西晋の貴族社会に文学に依拠して伍していこうとする。しかし、亡国の臣下への差別は厳しかった。盧植の曾孫にあたる盧志《ろし》は、「陸遜・陸抗と君はどういう関係か」と尋ね、中原では陸氏のことなど話題にものぼらないことを示した。こうした差別に対して、陸機は、曹操を女々しく描くことで、中原の貴族が呉に対して抱く優越意識の淵源を潰そうとした。すでに扱った「弔魏武帝文《ちょうぎぶていぶん》（魏の武帝を弔《とむら》う文）」である。

それ以前に著した「弁亡論《べんぼうろん》」において、陸機は、孫呉の興亡を孫堅《そんけん》が漢への忠節を尽くしたことから始める。孫策が、張昭《ちょうしょう》・周瑜《しゅうゆ》の二傑を得て、江東を安定させたことは、次のように表現される。

弁亡論

（孫策は）名賢を礼遇したが、張昭はそれの第一人者であった。（また、孫策は）俊傑と交わったが、周瑜はそれの筆頭であった。この二君子は、ともに才能に溢《あふ》れ人並み外れ、雅《みや》びで闊達《かったつ》であり聡明であった。このため、類は友をよんで、（孫策との）結びつきを同じくするものが、多く集まってきた。江東には立派な人物が多かったためであろう。

『文選』巻五十三　陸士衡　弁亡論

陸機はここで、江東を平定した孫策が張昭と周瑜に代表される臣下を礼遇し、また江東に立派な人物が多かったことを記しているが、この主張は「弁亡論」全体の論旨と大きく関わる。張昭は陸機の外曾祖父にあたる。張昭は、曹丕から『典論』を贈られるほど、北方からは尊重されていた。後述する陸機の「文賦《ぶんのふ》」は、曹丕の『典論』を踏まえている。陸機にとって、父祖の陸遜や陸抗とともに、必ず触れなければならない重要な人物なのである。

孫権が孫策を嗣《つ》いだのちにも、賢能の士を招くことは続いた。「弁亡論」は、具体名を列挙して、招かれた者たちの活躍を記したあとで、天下三分を次のように描いている。


魏氏はかつて戦勝の勢いに乗じて、百万の軍を率いて、鄧塞《とうさい》で舟に乗り、漢水《かんすい》の南（の荊州）の人々を支配下においた。……しかし周瑜《しゅうゆ》は、わが一部隊を駆りたてて、これを赤壁に破った。……漢王劉備《りゅうび》もまた帝王の号を使い、巴漢《はかん》（の益州）の人々を率いて、混乱につけこみ、土塁を千里にわたって結んだ。……それでもわが陸公（陸遜）もまたこれを西陵《せいりょう》に破り、（劉備の）軍を覆《くつがえ》して敗北させた。……このため魏人は友好を求め、漢氏は同盟を乞《こ》うた。かくて天子の位に登り、天下を三分して（江東に）立ったのである。

『文選』巻五十三　陸士衡　弁亡論

陸機はこのように、周瑜が曹操を赤壁の戦いに、祖父の陸遜が劉備を夷陵《いりょう》の戦いに破り、孫権が即位して天下に鼎立《ていりつ》したことを誇る。しかし、中原の貴族たちは、曹魏・蜀漢・孫呉の三国が鼎立した、という歴史観そのものを認めなかった。元康《げんこう》六（二九六）年ごろ、賈謐《かひつ》の代筆として潘岳《はんがく》が著した詩では、孫呉が皇帝を称したことは触れられない。

為賈謐作贈陸機（賈謐の為《ため》に作りて陸機に贈る）　其の四

南呉伊何　南呉は伊《こ》れ何《なん》ぞ
僭号称王　僭号《せんごう》して王と称《とな》ふのみ
大晉統天　大晉は天を統《す》べ
仁風遐揚　仁風は遐《とお》く揚《あ》がれり
偽孫銜璧　偽孫《ぎそん》も璧を銜《ふく》み
奉土帰趙　土を奉《ささ》げて趙に帰せり

『文選』巻二十四　詩　贈答二　為賈謐作贈陸機

中原の貴族である潘岳は、孫権が曹魏より認められた王号を称したことすら「僭号」と認識している。したがって、その降伏も「偽孫」が土を捧げてきたと表現されているのである。ここには、亡国である旧孫呉出身の「南人」にもかかわらず、自己に匹敵する文学的名声を持つ陸機に対する、潘岳の憎しみが込められていると考えてよい。

これに対して、陸機は、三国をあくまで対等に扱う。

答賈長淵（賈長淵《かちょうえん》に答ふ）　其の四

爰茲有魏　爰《ここ》に茲《こ》の有魏《ゆうぎ》は

即宮天邑　　宮に天邑《てんゆう》に即《つ》きぬ
呉実龍飛　　呉は実《まこと》に龍のごとく飛び
劉亦岳立　　劉も亦た岳のごとく立ちぬ

『文選』巻二十四　詩　贈答二　答賈長淵

陸機は、呉と劉とを曹と並立に読み込むことにより、三国を鼎立として表現する。このように曹魏だけを特別扱いしない陸機の三国鼎立の歴史認識は、西晋に出仕する以前の「弁亡論」においても、表現されていた。したがって、孫呉の滅亡は、正統ではない孫呉が、正統である西晋に屈したとは表現されない。あくまでその滅亡理由は、孫呉の内部に求められる。

（時代が降り）帰命公《きめいこう》［孫晧《そんこう》］が即位した当初までは、制度も法律も維持されており、旧臣もまだ存命していた。大司馬《だいしば》の陸公［陸抗《りくこう》］は、文武にわたって朝廷を守り立て、左丞相《さじょうしょう》の陸凱《りくがい》は、忠貞《ちゅうてい》の心により諫言を尽くした。……天子は病んでいても、股肱《ここう》は健在であった。時代も末になると、陸公たちはすでになく、そのため人々には瓦が砕《くだ》けるように乱れる気配が生じ、皇室には土が崩れるような亀裂が生じた。……軍は十二日も耐えられずに、わが国家は滅亡した。……地形の険阻さが、一瞬にして変わったわけではない。それなのに勝敗の道理が入れ代わり、昔と今で結果が変わったのはどうしてか。彼我《ひが》の変化はとくに人の任用に相違があったのである。

陸機は、滅亡理由を西晉の天威や孫呉の天命ではなく、「人の任用」に求める。しかも、陸機が滅亡原因と考える孫晧が即位しても、すぐさま衰退したのではないことを明記する。父の陸抗や陸凱が輔弼《ほひつ》している間は、「天子が病んでいても」、国家は滅亡しなかった。ところが、股肱の臣が亡くなると、一気に衰退に向かい十二日間と持たずに、孫呉は崩壊した。曹魏や蜀漢の進攻を阻んだ険阻な地形が変わったわけではない。滅亡の原因は、君主による人の任用に相違があったためなのである。

このように「弁亡論」では、孫堅から孫権までの孫呉の興隆が人材の登用によりもたらされ、孫晧の時に滅亡した理由もまた、人材の任用がうまく行われなかったことに求められている。すなわち、本来、江東には人材がおり、それを用いるか否かによって孫呉の興亡が定まった、と陸機は主張しているのである。

孫呉の滅亡は、悪逆な君主が人材登用を誤ったためである、という陸機の「弁亡論」の結論は、一般論としては、陳腐で面白みに欠ける。こうした凡庸な結論よりも、繰り返される父祖の宣揚に目が行くことは当然である。したがって、「弁亡論」は、冷徹な史眼により書かれたものではなく、熱っぽく、祖国の興隆と滅亡、さらには父祖の功業を説いている。冷静に説くにはあまりにも身近な問題でありすぎた、と評されてきた。

しかし、「弁亡論」は、太康《たいこう》年間（二八〇〜二九〇年）の末、すなわち皇太子司馬衷《しばちゅう》［のちの恵帝］の不慧《ふけい》が知れ渡っていた時期に執筆されている。君主が暗愚で人材登用を誤ると国家は滅亡すると説く「弁亡論」が、父祖の宣揚のためだけでなく、当該時代への警鐘であったことは明らかである。賢弟の司馬攸《しばゆう》を後継者に立てようとする臣下の中心であった張華《ちょうか》が、陸機兄弟を高く評価し、西晋貴族社会へ参入させた理由はここにある。

2　西晋の混乱

混迷する西晋の政局に対する陸機の提言は続く。「五等諸侯論《ごとうしょこうろん》」である。

八王《はちおう》の乱の後期、永寧《えいねい》二（三〇二）年に、成都王司馬穎《しばえい》のもとで著した陸機の「五等諸侯論」は、これまで対立的に把握されてきた「封建」と「郡県」を地方行政制度としては同じである、と説くことから始める。したがって、公—侯—伯《はく》—子《し》—男という五等の諸侯を置くことも、国家権力を分権化するためではなく、「天子の政治」を広めるためとされる。五等諸侯を置くべき理由を国家権力の分権化のためではなく、君主の権力を分権化する一方で、国家全体の権力を隅々まで広めることに求められているのである。

陸機の「封建」論に先立ち、後漢末の荀悦《じゅんきょう》の「封建」論は、君主権力の分権化による国家権力の集権化を主張していた。これに対して、西晉の劉頌《りゅうしょう》や王豹《おうひょう》は、国家権力の分権をも主張して、西欧中世的な feudalism への傾斜を見せていた。陸機の「五等諸侯論」は、君主権力を分権化する点では荀悦の流れを汲みながらも、同姓諸侯ではなく、五等諸侯という異姓諸侯を地方の権力体とすることで、国家権力の分権化を防ごうとする新たな方向性を打ち出すことによって、「封建」論を地方統治の問題として提示し直しているのである。

したがって、「五等諸侯論」は、同姓諸侯ではなく、異姓の五等諸侯の封建を積極的に主張する。

五等諸侯論

五等の爵位《しゃくい》を並べて立てることは、天子の政治を広めるためである。そこで、諸国の境域を定め、親疎に従って正しく分かち与え、すべての国々が互いに支え合って、盤石な固めをなし、同姓諸侯・異姓諸侯を入り交ぜて配置し、王室の守りを固くすべきである。

『文選』巻五十四　文中　五等諸侯論

陸機の封建論の特徴は、「同姓諸侯」だけではなく、「異姓諸侯」をも封建すべしとする点にある。それまでの「封建」論は、異姓諸侯への封建を君主権力を弱体化するものとして否定してきた。したがって、異姓諸侯の封建は新たな主張だけに論拠が必要となる。陸機は、論拠として、

『詩経《しきょう》』大雅《たいが》 板《はん》の「宗子《そうし》は維《こ》れ城」という字句を用いている。しかも、陸機は、「宗・庶 雑居して、維城《いじょう》の業を定めしむ（盤石な固めをなし、同姓諸侯・異姓諸侯を入り交ぜて配置し、王室の守りを固くすべきである）」と、『詩経』の字句を展開して、「宗」と「庶」がともに諸侯となるべきである、と主張する。『周礼《しゅらい》』夏官《かかん》 都司馬《としば》の鄭注《ていちゅう》に、「庶子は、卿《けい》・大夫・士の子なり」とあるように、鄭玄《じょうげん》は、「庶子」を「卿・大夫・士の子」、すなわち異姓をも含む臣下の子と解釈している。それを適用すれば、『詩経』は、異姓諸侯封建の典拠となる。こうして陸機は、異姓諸侯の封建を正統化したのである。

そのうえで陸機は、五等諸侯を含め、すべての諸侯は実封《じっぷう》［実際の領土］を世襲すべしと主張する。

> 諸侯を封建することで、天下に大きな楽しみを与え、自らも人々と難儀をともにすることができる。広く天下に利を及ぼせば、人々への恵みは厚くなり、楽しみを与えることが薄ければ、人々の心配は深くなる。そうして諸侯は、領地からの実りを受けることができ、諸国は世襲の幸いを受けることができる。
>
> 『文選』巻五十四 文中 五等諸侯論

このように陸機は、領地からの実り、すなわち実封を諸侯が世襲すべきことを主張する。『文選』の李善注《りぜんちゅう》が指摘するように、陸機は「世襲［原文は世及《せきゅう》］」を、『礼記《らいき》』礼運篇《らいうん》の、「大人は世及して以て礼と為す」を「大人とは、諸侯の謂《いい》なり」とある鄭玄注で解釈することにより、異姓諸侯の世襲を正統化する。異姓諸侯の解釈と同様、鄭玄注の理解の深さを窺うことができよう。

陸機が、諸侯による実封の世襲を求める理由は、国家が滅亡するような君主が在位しても、諸侯に世襲的な領土があれば、これを救うことができると考えたためである。こうした主張は、恵帝の不慧を原因に八王の乱が起きている、という当時の政治状況に対して説得的であった。八王の乱により地方統治が崩壊している今こそ、五等諸侯に封建されている貴族の力を使うべきなのである。それでは、陸機が異姓の五等諸侯の封建により、君主権力の弱体にもかかわらず、国家権力の分権化を防ぐことができると考えた、歴史的背景とは何であろうか。

陸機が同姓諸侯ではなく、五等諸侯の封建を重視した第一の理由は、皇帝および同姓諸侯への絶望がある。恵帝のような君主の不慧に際して、国家を滅亡させないためには、孫権が行ったような、心の底から士を信頼して、欺《あざむ》かれることを心配せず、能力をはかり器量《きりょう》に応じてすべての権力を委ね、その権力が自分に匹敵することを恐れないほどの人材登用を推進する必要がある。それほどまでの君主の信頼を受けたため、蜀漢を破った祖父陸遜《りくそん》も曹魏を破った周瑜も力を振るうことができた。すなわち、陸機は、君主が臣下を信頼し権力を委《ゆだ》ねることこそ、国家が隆盛する秘訣《ひけつ》と考えていた。臣下に権力を委譲して疑わないことの具体的な現れとして、五等諸侯の実封化を行い、君主の権力を臣下を信頼して委ねるべきだとするのである。異姓諸侯の封建を主張しながら、国家権力の分権化に向かわない理由は、君主の信頼と臣下の忠義に求められているのである。

第二に、陸機は、五等諸侯の封建により、崩壊した貴族制を再編しようと考えていた。八王の乱で一時的に帝位についた趙王《ちょうおう》の司馬倫《しばりん》は、爵位を濫発《らんぱつ》し、このため爵位の授与の際に使う「貂《てん》の尾」が足りなくなったという。このとき爵位を受けた者たちは、爵位に応じた封地を得ることがほとんどなかったと考えてよい。これに対して、八王の乱の以前に五等爵を得ていた貴族は、名目上とはいえ封地が定められていた。したがって、五等諸侯が現在持っている封地を実封化すれば、八王の乱以降の濫発で高い爵位を獲得した俄《にわ》か貴族は一掃される。

ただし、陸機自身は、五等諸侯ではなかった。司馬昭による五等爵の賜与は、蜀漢の平定を機に行われたため、旧孫呉の臣下で五等爵を持つ者は少なかった。「五等諸侯論」を読んだ陸機の君主である成都王《せいとおう》の司馬穎《しばえい》は、陸機が五等諸侯に成りたがっていると思ったのであろう。長沙王《ちょうさおう》の司馬乂《しばがい》の討伐を指揮させるため、陸機を後将軍《こうしょうぐん》・河北大都督《かほくだいととく》に抜擢した際、戦勝の暁には陸機を「郡公《ぐんこう》［五等爵位の最高位］」に封建することを約束して送り出している。

陸機が、五等諸侯の封建を主張した第三の理由は、崩壊していた地方統治を再建するために地方の力、具体的には、旧孫呉支配地域の力を発揮すべきと考えていたことにある。西晋の旧孫呉地域への支配は、呉の地方官をそのまま採用することも多かった。南人《なんじん》［旧孫呉臣下］は、中央の高官となっている陸機・陸雲のような南人の口利きにより官位を得ようとし、また得たのちも、その規制力に敬意を払って、陸機を頂点とする南人貴族の社会を形成しようとしていた。これを利用すれば、南土の地方統治を建て直すことは可能である。

旧孫呉地域の出身でありながら、文学の才能により張華の推挙を受けて貴族の一員となり、賈《か》謐《ひつ》の「二十四友」にも数えられた陸機には、文学を存立基盤に南人への差別を乗り越え貴族になったという自負があった。また、必ずしも君主に信頼されない中、国を守った祖父の陸遜・父の陸抗を祖先に持つ、陸氏一族としての誇りもあった。このため、陸機は、「五等諸侯論」という時宜《じぎ》にかなった地方統治政策を成都王穎に提案し、その抜擢に応えて軍を率い、長沙王乂と戦ったのである。七里澗《しちりかん》の戦いで大敗し、讒言《ざんげん》を受けて成都王穎に誅殺されたが、陸機は最期まで南人として得た貴族としての「志」を守るために戦った、と言えよう。

3　言志から縁情へ

江東を代表する貴族として西晉で活躍した陸機は、最後まで自らの「志」を貫いた。建安における文学は、そうした志を言葉にするものであった。「詩言志《しげんし》」の文学である。ところが、陸機は、文学理論においては、「文賦《ぶんのふ》」の中で「言志」から「縁情《えんじょう》」へと表現の目的を展開していく。

陸機の「文賦」は、換韻《かんいん》により二十の節に分けられる。第五節において、陸機は、摯虞《しぐ》の『文章流別志論《ぶんしょうりゅうべつしろん》』や劉勰《りゅうきょう》の『文心雕龍《ぶんしんちょうりょう》』に継承されていく文体論を展開する。

詩は情に縁《よ》って美しいもの、賦《ふ》は万物を映《うつ》して清らかにすべきもの、碑は文《あや》をつけて質《しつ》を助けるもの、誄《るい》は情が長々と痛ましいもの、銘は内容が広く表現は締まり穏やかなもの、箴《かん》は屈折があって清壮なもの、頌《しょう》はゆったりとして華やかなもの、論は詳しく伸びやかなもの、奏は分かりやすく上品なもの、説は明確で人をやり込めるようにするものである。

『文選』巻十七 論文 陸士衡 文賦

陸機はこのように、十種類の文体を取りあげ、それぞれの創作法の要点を提示している。文の並び順は、その文体の重要性を示すが、「詩」「賦」「碑」「誄」「銘」「箴」「頌」の有韻の文が先に掲げられ、無韻の「論」「奏」「説」はその後に附されている。すでに扱った曹丕の『典論』は、八種の文体を二組ずつ、「奏・議」「書・論」という無韻の文から、「銘・誄」「詩・賦」という有韻の文へと並べていた。陸機は、『典論』論文篇の無韻の重視を覆《くつがえ》し、有韻の文を無韻の文より重視することで、唯美的な感覚を尊重しているのである。

それは、「詩は情に縁《よ》りて綺靡なり」（詩は情を縁《よ》って美しいもの）と述べ、儒教的文学観を代表する「詩言志《しげんし》」と訣別していることに明らかである。曹丕の『典論』論文篇も、「詩・賦は麗なることを欲す」と述べてはいるが、その置かれた場所は八種の文体の終わりであり、「詩」と「賦」をひとまとめにした主張であった。これに対して、文賦は、「詩言志」と対《つい》になる表現である「詩縁情《しえんじょう》」を単独で、しかも筆頭に掲げることにより、「詩言志」との訣別《けつべつ》を高らかに宣言している。ここに詩は「志《こころざし》を言う」叙事詩から、「情に縁《よ》り」そう抒情詩へと大きく展開するのである。

また、文体の種類が八種類から十種類へと増加したことは、表現することの意義を拡大する意味を持つ。儒教経典が説くように、采詩《さいし》官が政情調査のために集める「詩」だけが文学なのではない。上位に置くべき有韻の七種の文体に止まらず、無韻の三種の文体をも含めて、多くの文体が文学の対象なのである。

こののち、陸機の「文賦」は、創作に関する技術的な問題を様々な角度から論じていく。それは、「詩言志」との訣別が、新たなる表現の創作方法の提示を要請しているためである。『毛詩』大序は、詩は人間の「志」が動いてできるもので、心の中にあるときは「志」であるが、言葉に表現されると「詩」となる、という。もちろん、「情 中に動きて、言に形《あら》はる」と述べられるように、そこには「情」が「志」と不分明な形で含まれており、「詩言志」を非抒情の主張と言い切ることはできない。それでも、創作論としてはきわめて原初的であり、陸機は表現者として、これに満足できなかった。「言志」と訣別して「縁情」の詩の創作を主張する以上、こうした儒教的文学観とは異なる具体的な創作方法を提示することは、陸機の義務ですらあった。このため、「文賦」の大部分は、どのように文を創作すればよいのか、という創作論の記述に当てられている。

また、それまでの文章効用論を代表するものは、『毛詩《もうし》』大伝《たいでん》の「美刺《びし》」説であった。陸機は、

「美刺」説に対抗して、次のように文章の効用を述べている。

文章の効用は、まことにすべての理《り》がそれに依って表現されることにある。……文章によって法則を未来に伝え、また古人を文章によって見習うことができる。上は文王《ぶんおう》・武王《ぶおう》の道を地に落ちぬようにさせ、下は風教《ふうきょう》を宣揚して亡びないようにする。文章はいかなる理をも包んでしまうし、いかなる小さな理までもつないでしまう。……すばらしい文章は、金石に刻まれ、また管弦に乗せられて、人々の盛徳を広く伝え、永久に衰えないようにさせるのである。

『文選』巻十七　論文　陸士衡　文賦

陸機は、文章の効用は、「すべての理がそれに依って表現されること」にあるという。荊州学を継承する王粛《おうしゅく》が、儒教を貫く真理として探求した「理」、それを成り立たせる「文」は、時間と空間を超えて不滅の価値を持つのである。魏晉における思想史の新たなる展開を象徴する「理」は、儒教と同様、文学をも貫くと陸機は認識する。ここでは、文学は儒教に従属せず、同格に位置づけられている。「美刺」説に代表される儒教的文学観から文学そのものの価値の自立を宣言した、と位置づけるに相応《ふさわ》しい文章効用論であると言えよう。

曹操による文学の宣揚と、阮籍《げんせき》・嵆康《けいこう》による玄学《げんがく》の導入によって、文学に対する儒教の規制力は弱まっていた。それが文賦を儒教的な文学観から離れた、玄学を典拠とするものにした。もちろん、その内的契機には、文学そのものの発展がある。曹丕が『典論』論文篇に展開した八種の文体論に比べて、有韻の序列が高い文賦の文体論は、文学ジャンルの広がりだけではなく、劉宋《りゅうそう》の沈約《しんやく》へと継承されていく四声《しせい》の諧和《かいわ》を詩作に導入する詩法への注目を示す。また、詩の作成方法に内的に踏み込んでいく文賦の文学創作の方法論は、『毛詩』大伝の「詩言志」に基づく原初的生成論の超克を示す。「縁情」に基づく抒情詩の創作方法が音律《おんりつ》に注目しながら、具体的に提示されたのである。すなわち、陸機の「言志」から「縁情」へという詩の生成論の展開は、詩が叙事から抒情へと表現の重点を移すべきことの宣言である。

そして、陸機が儒教の規制を受ける政治的な立場から自由であったことは、文学の効用を高らかに宣言させることになった。皇帝の曹丕・諸侯王の曹植が立言の不朽を説きながらも、その上に立徳・立功を置かざるを得なかった儒教の制約を、陸機は受けていないのである。ここに「詩」は、政治を賛美または批判することを目的とした「美刺」説に基づく文学効用論を離れ、「詩」そのものの中に「衆理」（すべての正しさ）を求めるものへと昇華していく。すなわち、陸機の「美刺」から「衆理」へという文学の効用論の展開は、現実政治の批判からすべての「理」の表現として文学自身の価値を自立させる宣言なのである。

終章　中国文学史上における三国時代の位置

泰山

泰山山頂大観峰の石刻群。唐の玄宗の「紀泰山銘」のほか巨大な摩崖碑が刻まれる。

1　曹操の果断

三国時代を統一した西晋は、北方民族に南に追われて東晋《とうしん》となり、北は五胡《ごこ》十六国時代を迎える。南北朝を統一した隋《ずい》において、九品中正《きゅうひんちゅうせい》制度は廃止されて、科挙《かきょ》の原型となる選挙《せんきょ》［あるいは貢挙ともいう試験による官僚登用制度］が始まった。科挙と呼ばれる唐《とう》の科目別選挙において、則天武后《そくてんぶこう》のころから尊重される科目が、詩・賦《ふ》を課す進士科《しんしか》であった。それ以降、清《しん》まで続く官僚登用制度における文学の尊重は、曹操を起源とする。

後漢時代に形成された「古典中国《こてんちゅうごく》」［危機を迎えた中国国家や社会が復帰すべき「古典」と認識する中国像］の世界観である華夷思想や、天子の呼称と天の祭祀に代表される支配の正統性が、いずれも儒教に基づくにも拘《かかわ》らず、儒教、なかでも「孝」を価値基準の根底に置く郷挙里選《きょうきょりせん》の孝《こう》廉科《れんか》を厳しく批判し、官僚の登用基準として文学を据えようとした曹操の果断は、「非常の人」（『三国志』巻一　武帝紀評）と称されるに足る革新性を持つ。しかも、先行する霊帝《れいてい》の鴻都門学《こうともんがく》［文学・芸術を尊重する、霊帝が創立した学校］への批判を踏まえ、自ら『詩経《しきょう》』を典拠として多用し、『尚書《しょうしょ》』の「詩言志《しげんし》」に基づいて楽府《がふ》を歌った曹操の判断力も、高く評価されよう。そのうえでなお、曹操個人に文学宣揚の要因のすべてを求めないのであれば、曹操出現のための次のような社会的条件を掲げることができる。

中国史上、最初の「古典中国」として成立した後漢は、やがて「古典」として尊重されることにより、その「儒教国家《じゅきょうこっか》」［思想内容として体制儒教が制度的な儒教一尊体制を支え、儒教が官僚層に浸透して、儒教的支配が行われる国家］としてのあり方が、歴代国家によって様々な要素を加えられながらも、基本的な枠組みとして継承されていく。ところが、後漢「儒教国家」の崩壊直後において、いまだ後漢は「古典中国」とは見なされてはいなかった。三国を統一した西晋「儒教国家」において、後漢は「古典」としての地位を確立していく。

　このため、後漢末から三国時代にかけては、文学という文化価値を儒教と並立させることが可能であった。したがって、曹操が文学を宣揚すると、代々「諸生《しょせい》」の家の出身で、全く文学的な素養も素質もなかった司馬懿までもが、文学を学んだのである。曹操の子の曹植、やがて陸機に、今日的な意味での文学の自覚や自立が生まれた理由である。

「古典中国」の形成期において、揚雄《ようゆう》・班固《はんご》［『漢書』を著した史家としてだけでなく、漢代を代表する賦家としても有名］の働きにより儒教と深く関わることになった文学は、「古典中国」においてその地位を向上させていた。それを曹操が、一時的にではあれ、人事の基準に据えることにより、文学の主観的な価値基準が、人事管掌者に有利であることが自覚される。唐代の科挙において、試験官を占有した貴族は、自らに有利な価値基準である文学を試験内容とする進士科を重視していく。そして、北宋《ほくそう》の歐陽脩《おうようしゅう》［唐宋八大家の宋の筆頭。『新五代史』などを著した］が「古文《こぶん》」［六朝期の四六駢儷体《しろくべんれいたい》ではなく、漢代のような簡潔な文］を宣揚することにより、中国における「文」は、儒教の道を論ずる「文」に定まった。これは、「古典中国」において、文学が儒教と結びつき、やがて人事の基準としての地位を確立していたことによるのである。

2　曹植・陸機の輝き

今日的な意味における文学表現は、建安《けんあん》文学から始まる。従来、そうした今日的な文学表現の自覚は、曹丕の『典論《てんろん》』論文篇の「文章は経国の大業」という言葉に求められることが多かった。しかし、曹丕はいまだ儒教の枠組みを超えてはいない。曹丕の『典論』は、徐幹《じょかん》の『中論《ちゅうろん》』が曹操の政策を正統化したことと同じように、「一家の言」として自らの政治姿勢を著したものであった。

これに対して、一見すると、かえって文学の価値を貶《おとし》めているかに見える曹植《そうち》の「辞賦《じふ》は小道」という言葉にこそ、今日的な文学表現の自覚を求めることができる。辞賦が直接的に立徳・立功・立言に結びつくことのない仮構《かこう》であることを宣言する「辞賦は小道」という言葉は、「小道」に過ぎない「辞賦」に仮構を許容する前提となり、抒情の表現に重点を置くための手段を確立した、と理解できるためである。こうした意味で、曹植は今日的な意味における自覚的な「文」の表現者と位置づけられる。

こうした曹植の自覚を承けて、西晉の陸機《りくき》は「文賦《ぶんのふ》」により、儒教的文学観を代表する「詩言志」と訣別して「詩縁情《しえんじょう》」を説き、「文」を自立させ、文学を儒教と同等の文化価値に高めた。儒教の文章効用論である「美刺《びし》」説に対し、文章の効用を「衆理の因《よ》る所」に求めた陸機のもと、「文」そのものの価値は、儒教から自立する。やがて、梁《りょう》の昭明太子蕭統《しょうとう》の命により編纂される『文選《もんぜん》』〔六朝期の美文集〕は、劉勰《りゅうきょう》の『文心雕龍《ぶんしんちょうりょう》』〔文学理論書〕では経書《けいしょ》を含んでいた文学の範疇を明確に儒教と分離する。陸機が自立を試みた文学は、ここに儒教とは異なる価値を持つ文化であることが、形として示されたのである。

やがて、文学は、「文学というものは、人倫《じんりん》の基づくところであろうか。これによって君子は庶民と異なる」（『陳書《ちんじょ》』巻三十四 文学伝論）と述べられるような、貴族を庶民と分かつ、最も重要な文化と認識される。ここに文学は、表現者の人格を定めるものとされ、科挙の進士科に代表される官僚登用制度の価値基準に相応しい位置づけを持つに至るのである。

3　文学こそ人生――阮籍・嵆康

国家や儒教の規制を超えて、自らの表現を優先させ、時には文学に命をかける表現者も、三国時代に生まれた。今日的な意味での文学意識に基づく表現活動が始まったのである。

「文」そのものに美しさを求め、いかに表現するのかという表現技法を展開する際に、文学を儒教の規制下から外すことについては、陸機の「文賦」が先駆けとなった。儒教的文学観を象徴する「詩言志《しげんし》」に対して、「詩縁情《しえんじょう》」を唱える陸機の「文賦」は、玄言詩《げんげんし》〔玄学を思想的背景とする詩〕など儒教を典拠としない文学表現を可能にした。そして、「文」の美を追求する陸機の「文賦」の議論を劉勰の『文心雕龍』が継承し、『文選』が文学と儒教とを分離することで、経学や諸子《しょし》、そして史学とは異なる文学の特徴として、「文」の美しさと表現技法が追求されていくことになる。

また、抒情や思想を表現に読み込んでいく、という今日的な意味での文学意識に基づく表現活動が、国家に対する自律性を生み、あるいは、儒教に対する批判を含むことについては、阮籍《げんせき》と嵆康《けいこう》の果たした役割が大きい。儒教により自己の行為を正統化しながら曹魏の簒奪を目指す司馬氏に対して、阮籍と嵆康は、「言志」の精神に基づき抵抗する知識人の文学を創設し、文学による皇帝権力からの自律性の確立に努めた。

阮籍は、「大人先生伝《たいじんせんせいでん》」に自らの『荘子《そうじ》』理解を援用することで、現実の桎梏《しっこく》からの解放を「大人先生伝」という表現の中に打ち立てた。司馬昭《しばしょう》の圧迫のもと、自己が自己として生きることのできない人間疎外の状態を克服し、人間としての真実の生を定立したのである。また、嵆康は、『荘子』に基づき、放伐《ほうばつ》・禅譲《ぜんじょう》の別を問わず、革命を否定した。ここに、中国は表現により権力を批判する手段を獲得する。それまで、権力を批判する象徴とされてきた伯夷《はくい》と叔斉《しゅくせい》は、殷周《いんしゅう》革命に対して、自らの言語を発することなく、隠逸と餓死という行動によって権力を批判した。これに対して、阮籍と嵆康は、表現による権力への抵抗の象徴として、「竹林《ちくりん》の七賢《しちけん》」伝説

［七人が同時に存在したことはない］とともに、以後の表現者に慕われ続けていくのである。

しかし、嵆康が権力を批判する言説に対する思想弾圧によって、殺害されたことの影響もまた大きかった。嵆康が行った権力批判を明記しない史書が当時から存在したように、表現による自立の場が許容されることは少なかった。こののち、中国文学では、権力を愚弄《ぐろう》・嘲笑《ちょうしょう》する表現は、成立することが難しくなった。それは、今日まで続く中国文学の特徴でもある。

中国史上、春秋《しゅんじゅう》・戦国《せんごく》に次ぐ変革の時代である三国時代は、中国文学史上、文学が独自の地位を定めた時代でもあったのである。

おわりに

わたしは、昨日、曹操の高陵《こうりょう》とされている河南省安陽《あんよう》市の西高穴《にしこうけつ》二号墓の墓室に入らせていただいた。墓室にまで入った最初の日本人である、という。調査が中断中であるためか、曹操の柩《ひつぎ》が置かれていた墓室の天井には蝙蝠《こうもり》がとまり、また思っていたよりも、こじんまりとした部屋であった。早い時期から盗掘に遭い、残っていた文物も修復のため鄭州《ていしゅう》に移送中とのことで、何もない部屋であったが、しばし、乱世の奸雄、曹操に思いを馳せることができた。

わたしは、吉川英治の『三国志』により、中国古代に興味を持った。大学では、歴史学を専攻したが、もともとは、文学が興味・関心の入り口であった。こうした場合の「文学」という言葉の使い方、それがそのまま中国古代には、通用しないという驚きが、本書の出発点となっている。儒教とは、それほどまでに影響力の強いものなのか、と考え、歴史学に続いて、儒教を中心とする思想史を修めた。そのうえで、ようやく文学と儒教との関係を追求することができた。

文学を学んで初めて見えてきたことは、曹操の果断である。曹操は、後漢の統治のみならず、社会の価値観全体を規定していた儒教に果敢に挑戦した。その政治的背景には、荀彧《じゅんいく》ら儒教を価値基準の根底に据える名士とのせめぎあいがある。

「三曹」の中では、最も思い入れの深い曹操について、多くの章を割いた。本来であれば、文学に優れる曹植を中心とすべきであるが、文学的センスに乏しいわたしには荷が重い。歴史学から研究を始めたわたしの文学へのアプローチは、文学史の追求にあり、表現の分析を第一義とする文学そのものの研究を目的とはしない。後者に関しては、林田愼之助・大上正美など多くの研究者の成果が堆《うずたか》く積まれている。

本書の基本となった論文は、次の十篇である。

（1）渡邉義浩「三国時代における「文学」の政治的宣揚——六朝貴族制形成史の視点から」（『東洋史研究』五四—三、一九九五年）
（2）渡邉義浩「浮き草の貴公子 何晏」（『大久保隆郎教授退官紀念論集 漢意とは何か』東方書店、二〇〇一年）
（3）渡邉義浩「呻吟する魂 阮籍」（『中華世界の歴史的展開』汲古書院、二〇〇二年）
（4）渡邉義浩「死して後已む——諸葛亮の漢代的精神」（『漢学会誌』四二、二〇〇三年）
（5）渡邉義浩「「封建」の復権——西晉における諸王の封建に向けて」（『早稲田大学大学院文学研究科紀要』五〇—四、二〇〇五年）
（6）渡邉義浩「嵇康の歴史的位置」（『六朝学術学会報』七、二〇〇六年）

（7）渡邉義浩「陸機の君主観と「弔魏武帝文」」（『漢学会誌』四九、二〇一〇年）
（8）渡邉義浩「陸機の「封建」論と貴族制」（『日本中国学会報』六二、二〇一〇年）
（9）渡邉義浩「経国と文章――建安における文学の自覚（一）」（『林田愼之助博士傘寿記念三国志論集』三国志学会、二〇一二年）
（10）渡邉義浩「陸機の文賦と「文学」の自立」（『中国文化――研究と教育』七一、二〇一三年）

なお、本書で触れなかった三国時代の政治と思想、『三国志演義』との関わり、関帝信仰については、次の本を参照されたい。

渡邉義浩『「三国志」の政治と思想――史実の英雄たち』（講談社選書メチエ、二〇一二年）
渡邉義浩『三国志　演義から正史、そして史実へ』（中公新書、二〇一一年）
渡邉義浩『関羽　神になった「三国志」の英雄』（筑摩選書、二〇一一年）

むろん、自らの研究だけではなく、本書が先行する多くの研究に依拠していることは、言うまでもない。それらについては、次の本に整理してあるので、参照されたい。

渡邉義浩『三国志研究入門』（日外アソシエーツ、二〇〇七年）

なお、本文中の引用は前後に一行あけ、うしろに典拠をつけた。詩は原文を掲げ、書き下し文をつけた。詩の韻を確認できるように、そして詩のリズムを少しでも残したかったためである。これに対して、散文は、日本語訳として分かりやすさを優先した。漢字は原則として常用漢字を用いている。
最後になったが、本書の企画を立ち上げてくれた堀池信夫先生、そして原稿の校正に意を注いでくれた人文書院編集部の井上裕美さんに感謝を捧げたい。

二〇一四年九月一一日　北京 金龍潭大飯店にて

渡邉　義浩

〔追記〕
本書の脱稿後、文学に関する論文をまとめた研究書『「古典中国」における文学と儒教』（汲古書院、二〇一五年）を公刊することになった。もともと本書には、終章を置かなかったが、研究書の終章を本書に即してまとめ直して附すことにした。このため、「古典中国」など本論で触れていない概念が含まれているが、曹操の言葉を借りると「鶏肋」であるため、諒とされたい。

二〇一五年三月二〇日記

著者略歴

渡邉義浩（わたなべ・よしひろ）

1962年，東京都生まれ。筑波大学大学院博士課程歴史・人類学研究科修了。専門は中国古代史。現在，早稲田大学文学学術院教授。三国志学会事務局長。著書に『三國政権の構造と「名士」』（汲古書院），『三国志　演義から正史，そして史実へ』（中公新書）など多数。

三国志　英雄たちと文学

2015年7月10日　初版第1刷印刷
2015年7月20日　初版第1刷発行

著　者　渡邉義浩

発行者　渡辺博史

発行所　人文書院

〒612-8447　京都市伏見区竹田西内畑町9
電話 075-603-1344　振替 01000-8-1103

印刷所　㈱冨山房インターナショナル
製本所　坂井製本所

落丁・乱丁本は小社送料負担にてお取替えいたします

ISBN 978-4-409-51071-1 C0022

http://www.jinbunshoin.co.jp